U0602998

不由分说爱上这世界

黄佟佟

作品

北京联合出版公司
Beijing United Publishing Co.,Ltd.

天 真 地 付 出 , 成 熟 地 接 受

Be strong

不须焦虑，
每个降临到这个世界的人都自带
粮草与地图，
每个人都有自己的gift，
每个人都有活下去的方式。

自序
每一个成年人都是劫后余生

黄佟佟

我的职业是记者，至少我自己这么认为。

在我所有做过的众多杂事里，只有做记者是最持久最永恒的，从 1999 年开始，我一直在陆陆续续做着采访。我采访过的人里，有相当一部分是名人明星，也有相当一部分是普通人。我记得我做过的最为奇特的采访是访问一个做过 AV 明星的台湾女孩，她告诉我，她收入的大部分都用来做 SPA 和买各种精油乳液，因为要保证身体的优美无瑕，这倒让我大吃一惊。

除了满足好奇心，我喜欢采访的原因是可以在短短一两个小时之内了解一个人的性格，也顺便了解她或他的人生。让我最觉得有意思的事是，很多看上去非常平常的人却有着魔幻的人生。

比如她，就算过了很多年，我也忘不了她在空空荡荡的房间里那张焦灼的脸，背后只有一只空空荡荡的破旧的沙发。

是的，她长得挺漂亮，哪怕是人到中年，哪怕发胖了，哪怕穿一件普通的白色衬衣、黑色裙子，但腰是腰，屁股是屁股，小腿有一条优美的弧线，那是岁

· ·
· ·
· ·
· ·
· ·
· ·
· ·

月留给她的曾经让人目眩神迷的证据之一，我想象得出她年轻时艳光四射的样子。

她从小就是一个美女，还不爱读书，虽然不爱读书，但非常聪明。十几岁就当模特，自己做生意，很早就成为百万富翁，那是真正的百万富翁，当时全中国都没有几个。因为入世早，人机灵，她也很会看人，嫁了一个没有多少钱但是人品很好的广州本地人。老公对她很好，又很听她的话，两个人的公司开遍全国。三十岁出头时，她意气风发，俯瞰全国觉得无一人是她对手，无一人如她那样懂生活，也觉得这世界没有她办不了的事，没有她搞不掂的人，世界尽在掌握之中。

再然后，她雄心大志想大展鸿图，把公司从广州搬去了北京。也不知道是不是风水的缘故，总之她的生意因为各种局势动荡，突然就不好做了。再后来又来了一场金融风暴，身家亏得一塌糊涂。老公因为压力太大得了病，她自己更是患上了焦虑症，东西都被债主搬走了，家里最穷的时候，只剩那张旧沙发……

我是在她最难的时候碰到的她，但也就只能听她焦虑地叙述，实在帮不上忙，也不知道怎么帮。她自己也不知道为什么会落到如此地步："我想来想去自己没有做错什么……"

之后她又销声匿迹了好几年。有一天我在天河南闲逛，逛到一家颇有品位的家居店，赫然看到她盘腿坐在一张罗汉床上，正在泡茶，旁边点着一炉香，像极了电视剧里那些森女系的女子。她的脸丰润了不少，看得出日子过得不错，这家小有名气的生活用品家具店被她经营得顺风顺水。也是，当年那么大的生意都做过，何况这一盘小生意呢？

我们在她摆满俄罗斯细花的店里聊天的时候，她笑嘻嘻地对我说："知道吗？我到现在才明白，其实每一个成年人都是劫后余生，每个人都注定要经历苦难，有的是这样的，有的是那样的。到这时，你才会明白人生并不像你年轻时那样所当然，你才会真正懂得，你才会真正珍惜手边的一切，也许这不是你曾经拥有过的最好的，但你觉得已经足够。"

说这话时，傍晚的阳光扫在她并不年轻的脸上，镀上一层金，让人觉得有点佛相。突然想起很多年前，我读高中的时候，每天下晚自习时，我们都要经过一条两边长满桂花树的小径，可以望见教职工宿舍昏黄的灯光，可以听到里面的电视机声音，也可以听到炒菜的声音。当然也经常可以听到叫骂训斥的声音。有时我们会撞见满面憔悴的男物理老师,有时会撞见满脸泪痕的女生物老师。有一次,最惊险,一个洗脸架子从天而降,就散落在离我不到一米的地方。一只碰得稀烂的搪瓷脸盆在我面前转了几个圈,又轰然倒下,像极了他们的生活——中年人的生活。

　　十来岁的我们想象不到十年、十五年以后是什么样子,但我们觉得那一定是美的,是舒心的,是快活的,因为我们不是他们,他们一定是因为太蠢太笨,才会过上这样狼狈不堪的生活。"真可怕,他们怎么能活得下去?"我对我的同学叹道,充满不屑,我们寝室的一位女同学甚至决绝地给出一个建议:其实物理老师活成这样,应该去自杀。

　　那时我们觉得天空很遥远,鸽群很惆怅,桂花很俗气,室友的长腿在窗台上晃啊晃……我们的笑声还没有落在地下,青春的龙卷风就如约而至,把每一个人都包裹进去,转得晕头转向。

　　很多年以后,我们才发现我们原来并不聪明,我们也不曾例外,我们每一个人都被这场龙卷风吹得衣衫凌乱,头发不整。有人失恋,有人丧亲,有人失业,有人永远没钱,有人在奋不顾身地与老公二奶争斗,有人为脸上长斑而痛苦不堪，有人在职场你死我活，有人在为一个省级幼儿园名额而朝思暮想，有人得了大病……我们的生活在外人看来或许都有些狼狈不堪，可是我们仍然活着，真的或者假的坚强地挺立着，就像那个叫嚷着要物理老师自杀的高中女同学刚刚经历一场痛苦的婚变，净身出户。奇怪的是她不但不要自杀，反而宣布要好好活着，还说："从来没有这么神清气爽过……"

　　蜘蛛侠创造者斯坦·李说过一句话："不管多么富有，多么美丽，没有人不曾经历过艰难时光，谁又有真正无懈可击的生活。"

　　是的，很多很多年后，我们成了他们，我们经历了他们所经历的一切，我们才发现，其实每一个成年人都是劫后余生。侥幸在这场龙卷风里留存下来的人，大部分仍然在用有鱼尾纹的眼角微笑，用有唇纹的嘴巴亲吻。这时我们才发觉天空并不遥远，鸽群也不让人惆怅，而细雨中的桂花，细品下来，原来也有一种清香。

　　谨以这本书，献给我生命中遇到的女人们。

　　献给所有无惧生活、微笑向前的勇士们。

目录
C O N T E N T S

面对这个坚硬世界的底气

人是这样的，当你有越多新技能get，你就越自由。这样的人，无论碰到哪种生活、哪种命运，都透着一股子笃定。

没有真正无懈可击的生活

不是每一个女人都必须是美女，不是每一种人生都必须幸福，
不是每一秒钟都必须平衡。

目 录
C O N T E N T S

永远活得兴致勃勃

如果你有力量，那么我愿你永远睿智犀利，世事洞若观火；如果你有爱，那么我愿你永远自带那爱的剧本，人生路迢迢，艰难险阻，把剧本系在腰间，内心柔软。上帝会保佑你。

没有搏杀过的温柔，终究是天真

有勇气开始新的但危机重重的人生，主动选择生活，而不是被生活选择，也许就是这些女人与平凡人最不一样的地方。

目 录
CONTENTS

任何你想要得到的，都在恐惧的那一端

不需焦虑，每个降临到这个世界的人都自带粮草与地图，每个人都有自己的gift，每个人都有活下去的方式。

这一生我喜欢的人不多，但你是其中一个

真正勇敢的人生不是别的，正是允许自己以自己喜欢的方式过一生，
也欣赏与自己不同的人用他的方式度过一生。

目录
CONTENTS

挺住意味着一切

人生在世，谁都是泡沫，可是活开了的人，天空会特别开阔。芸芸众生之中，你是最坚强的泡沫。

故事还长，请别失望

每一个成年人都是劫后余生，
每个人都注定要经历苦难，
有的是这样的，有的是那样的。

到这时，你才会明白人生并不像你年轻时那样理所当然，
你才会真正懂得，
你才会真正珍惜手边的一切，
也许这不是你曾经拥有过的最好的，但你觉得已经足够。

底气 ⑫

Life is a
Sunday morning

人是这样的，
当你有越多新技能get，
你就越自由。

这样的人，
无论碰到哪种生活、哪种命运，
都透着一股子笃定。

Ⓠ Chapter 1
面对这个
坚硬世界的底气

NO.1

不由分说爱上这世界

　　我的一位直男朋友告诉我，在他玩过的所有电子游戏里，他最爱《古墓丽影》里的安吉丽娜·朱莉演的劳拉，性感又能干，搞掂一切的样子。世界那么残酷，但她却有一种不由分说就爱上这个世界的倔强，真动人。我说，那我喜欢的理由跟你一样，但我更爱安吉丽娜·朱莉本人。

　　不由分说就爱上这个世界的人，年纪小一点的时候，真是不懂欣赏，只觉得他们太进取、危险。但年纪较长，你会慢慢接受他们，钦佩他们。再到后面，甚至会爱上他们，就像我爱上安吉丽娜·朱莉的过程。

　　最开始，我当然是不喜欢她的，因为她实在太美，又太招摇。如果你在上世纪80年代末、90年代初来到洛杉矶，如果你看到身边疾驰过一辆似乎即将失去了方向的粉色敞篷车，沿途不断掉下匕首、仿真手枪、蛇、名贵的红酒以及还没有熄火的烟头——那你就一定是碰到了红得发紫的影坛新人安吉丽娜·朱莉。

她总爱涂一种黑到发紫的唇膏，露着她的大胸，甩着她的大长腿招摇过市。这样的女孩当然是天之骄女，有着无与伦比的傲人身世。父亲是著名的大影帝，母亲是优雅的大名模，她自称12岁开始就已经一个人生活，她承认过的惊世骇俗的事情包括和哥哥的不伦之恋。她曾经爱上过女人，在接受一家女同性恋杂志社采访时，她也坦然说："我平等地去爱女人和男人，我把人看成人，把爱看成爱。我爱的女人会明白我对她的欣赏和爱恋。这种爱，就像我对男人的爱一样。"

在结束了二十出头那段轻佻的婚姻后，她果断嫁给了著名的坏小子比利·鲍伯·瑟顿。这段婚姻基本泡在酒里，朱莉和比利都是大酒鬼，时尚杂志的编辑描述过这位性感女明星的床，床上不但有薄如蝉翼的蕾丝性感睡裙，还有许多的零食、名贵的古巴雪茄和烈性酒，甚至一条叫Harry Dean Stanton的眼镜蛇。原因是她觉得这条巨蛇和她一样，有着性感无敌的双唇……当然，这对明星夫妻最著名的一点是他们的脖子上都各自挂着一只红色的小瓶子，那里装的是对方的鲜血。

只可惜，这段把鲜血都抽出来的老少恋并没有维持多久，因为安吉丽娜·朱莉遇见了自己的真爱。

如果你看过电影《史密斯夫妇》，你大概可以知道安吉丽娜·朱莉和布拉德·皮特这一对全世界最著名的漂亮人儿有多么一见钟情，有多么干柴烈火。2003年，朱莉离婚，2004年皮特离婚，全世界都被这一对俊男靓女给雷翻了，他们俩怎么可能？肯定是荷尔蒙作祟，肯定是玩玩罢了，肯定是随时分手。但是人们等啊等啊等啊，等了十来年，看着他们到处领养孩子，看着他们生了自己的孩子，看着他们抱着孩子结了婚，这对恩爱夫妻似乎还没有分手的迹象。

这让我们再次认识到生活的复杂和多样，并不是每一对白头到老的夫妻都出于真心，也不见得每一对半路夫妻都是苟且。一对在一起十多年，生了三个孩子，养了一群孩子，多年后还会手拉手的夫妻，无论结局如何，多少也有点真心吧。

安吉丽娜·朱莉这样评价他们的婚姻："我们作为两个独立的个体走到一起，我们之间相互启发。我们有时会闹别扭，我们有时也互相仰慕，有时也会把对方气得够呛。但这么多年过去了，我们有交情了。当你和一个人有了这么多年的'交情'，你们成为拥有非常真实深厚感情的朋友，你们在一起十分舒服、泰然。我们就这样在一起，经历了这么多，也因此更深深地爱着对方。"

男女之间，只有建立了深厚的友谊，才能进入亲密关系真正美好的境界。这个过程，真的需要自己领悟。朱莉不是一开始就有这种自信，她也从来不是一个自信的人。"直到40岁，我才开始接受自己，不完美也OK。"朱莉在推特上坦白地说。是啊，谁能想到呢，这样一个美丽似妖精的女人，在叛逆的表象后面原来也有破碎了一地的心。

朱莉有一对出名的父母。可是在她还是婴儿时，父亲就抛弃了她们。母亲因为她像父亲而格外讨厌她，只喜欢哥哥。童年是不快乐而混乱的，十来岁她就离家出走，一个人漂在电影厂里。她一度非常恨她的父亲，把名字里父亲的名字改掉，对外号称："我没有父亲。"她年轻时沉迷于性，不相信男人，更不愿意生孩子。

　　这样的美丽女孩在电影圈里多的是，看上去更有可能成为某朵吸毒至死的黑色大丽花，可是朱莉没有按这通俗的路线完成她的故事，也许因为她实在有太旺盛的求生意志，也许因为她有实在太强大的小宇宙。在混乱里，她靠直觉生活，男人女人、好的坏的、老的少的恋人都试过一轮之后，她慢慢知道哪些是适合她的人，哪些是她想要的生活。

　　她成了电影明星，接着又成了某个好男人的伴侣，再后来她淡出银幕，因为"我喜欢表演，表演让我成长，表演让我更了解自己，表演让我更疯狂地去爱去受伤，但表演不是我唯一想要的生活，我喜欢回到家看到孩子们在院子里跳舞，我喜欢和他们一起跳。我不会回头去看曾经的那些选择，那些疯狂的、幼稚的和不负责任的选择，因为过去的事就是过去了。我知道现在的我，选择家庭，选择爱和宽容"。

　　但如果这宣言代表她选择回归家庭做一个普通的全职太太，那也太小看叛逆少女的能量了。

　　在大部分社交媒体里，她的职业已经改为Director（导演）。她行程忙碌，去英国广播公司就难民危机发表主题演讲，拍摄电影，探访难民，为世界和平祈祷。这听起来有些可笑，但她是真心想为这个世界做点什么。

　　更惊世骇俗的是，2013年5月14日，她在《纽约时报》发表了一封公开信，宣布自己因为遗传性概率做了双乳腺的切除手术，顺便还做了一对更好看的乳房，而伴侣是无条件支持。她说她之所以毫不犹豫地公布这件事，就是想给所有犹豫、惊恐和哀伤的女人一个提醒："你可以在任何时候，为了更好地爱自己，主动做出当下最发自内心的选择。"

　　这是一个按自己意愿生活的女人，这是一个尽量把生活掌握在自己手中的女人，她曾经身处黑暗，但她没有让这黑暗吞没自己，亲手把自己领向光明。

　　她生活里几乎所有的一切都是她自己争取来的，她从小有亲人却没有家庭，所以她从很年轻的时候就开始领养孤儿，为的是告诉别人："我不相信一个好的家庭必须有血缘参与其中。因为我有好几个孩子都是领养的，我的家庭是我争取回来的。"

　　她觉得孩子需要父亲，她就找了一个全世界最帅最好的父亲，"我们是最合适的一对，当我遇见布拉德时，我就发现，他是我眼中最好的男人、最好的丈夫。他从来都不是一位演员，在我眼中，他就是一位父亲，一位喜爱旅游和建筑胜过表演的男人。"她发现自己有可能在很年轻的时候得乳腺癌死去，她就选择做手术，"我很高兴自己做了这个决定。现在，我患乳腺癌的概率已从87%降到了5%。"

　　这大概已经逼近自由世界了吧，真的，自由不是随心所欲，而是你可以有所选择。

　　朱莉大概就是那种永远要有得选的人，这种人就是我们所说的那种就算是安乐死，也要自己决定何时拔管的人。很多富有天赋的人敌不过人生的黑暗与无常，最容易选择自毁，但是她却选择了最艰难的自救，"人生的黑暗我很熟悉，我总是在思考人生里的黑暗，因为我比谁都热爱生命。"

　　因为热爱生命，所以要不停地折腾，因为热爱生命，所以要拼了命地爱人。有人问皮特为什么会爱朱莉。这个问题太简单了，比起天天在家抽烟，为减肥而焦虑的小家碧玉安妮斯顿，朱莉那巨大的生命能量对一个男人当然更具震撼力。"我深爱皮特不是一件错事，但我

确实伤害了他的前妻。"可是现在来看，离婚对于安妮斯顿与皮特都是一种解放——好的分离对两个人都是好事，一别两宽，各生欢喜。

"我们唯一需要知道的是你的心碎了，并不意味着你再也不会快乐。"历经世事的朱莉现在这么感叹。慢慢地，那个化着浓妆、涂黑唇、穿着性感小吊带、自我厌倦也讨厌世界的叛逆少女，逐渐变成我们眼前这个清爽的素面朝天的睿智熟女。

她现在最喜欢的打扮是把头发清清爽爽盘起，一件素色衬衫，大大的笑容，全身上下唯一的珠宝就是耳边那两只珍珠耳环，这和从前的她简直像两个世界来的人。记得吗？从前的她喜欢拿别人鲜血做饰物，现在的她却喜欢更平常更圆润的珍珠。

能喜欢珍珠的女人，大抵都比较欣赏那种有强大的小宇宙的活法吧——人生苦难重重，只有最有恒力的人才会选择用最柔韧温暖的力量去包容最尖利的沙砾，才有能力将痛苦用肉身包住，化为润泽光晕的美丽，在黑暗里生生把自己变成光明。

无论痛苦或者悲伤，总有一些人不由分说地爱上了这个世界，拥抱自己的生命，在某种程度上，朱莉实现了哲学上人的最高意义。"人类的伟大，言简意赅地说就是热爱生命，一个人不需要除此之外的任何东西，未来、过去和永远。"尼采说。

NO.2
一个人所能对命运
做的最大对抗

故事一：你是一个沉默寡言车技超一流的追风少年，型英帅靓正，江湖行走，王不留行，盗亦有道。可是有一天，你在电梯里碰到了一个短发大眼的女人，她冲你微微一笑。从此，命运缓缓降临。你会因为要保护她，而跟着她的老公去抢银行，然后成为某个犯罪集团必须定点清除的目标……

故事二：你是一个意气风发、横行哥本哈根的大哥，机灵从容淡定，无数次大小危机你都能侥幸脱身，但在一次小得不能再小、平常得不能再平常的交易里，你被迫把一袋子海洛因扔到湖水中，又遇上一个脱衣舞娘，于是莫名其妙开始杀人越货、被坑、亡命天涯的生活……

故事三：你是一个奋勇向上、纯真的少年朱利安，可是有一天你妈妈告诉你必须为你的哥哥复仇，杀掉当年杀了他的所有人，包括警察，你的人生从此从阳光灿烂变得阴霾密布……

这大致就是年轻的天秤座丹麦导演这些年最热衷讲的故事，那些包裹在霓虹灯、子弹、蕾丝T-back、大胸、疾驰的汽车之下有关人生无常的故事……因为他的名字太长，我们就简称他为雷弗恩吧。

1970年出生的雷弗恩是一个超级宅男，非常害羞，非常害怕见人，但26岁那年，他发生了某种变异，以一部手持摄影机小成本电影《PUSHER》一举成名，成为北欧式暴力B级片宗师。但即便是这样，有十来年他还是在电影行业起起伏伏。他坚持拍他的黑色电影，有的赚钱，有的不赚钱，有的甚至让他濒临破产。他不得不接拍商业流行电视剧。对他来说，这纯粹是因为"我需要钱"。

事情的转机在2011年，他的《亡命驾驶》获得了第64届戛纳影展的最佳导演奖。

"从《亡命驾驶》之后，雷弗恩不用再为钱发愁，他可以拍他任何想拍的片子。"他的好基友，御用男主角，万千粉丝最爱的帅哥高司令羡慕地说。从此雷弗恩登堂入室，进入世界名导殿堂，钱财名利滚滚而来。

2016年，他受邀为知名品牌的酒拍摄广告。谁都知道，商业广告是所有商业导演最梦寐以求的工作，轻松、愉快、有趣，来钱……事实上，雷弗恩就任性地把广告拍摄地安排在罗马，全家在那里住了三个月，旅游兼工作。要知道，优雅祖师奶奶赫本也在罗马住了十来年，那里据说是欧洲最有电影感的地方。

那天在北京摩马见到的雷弗恩，是第一次来到中国的雷弗恩。穿着西装打着领带，看上去和任何40岁的北欧帅哥没有任何区别。但是在真正面对面的采访里，你就会发现雷弗恩其实是个异常害羞的人，他的眼神闪烁。在别人访问品牌方的时候，他开始发呆，这样子显得很萌，很可爱，很像《老友记》里的罗斯，就是那种受过高等教育，智商奇高，出身良好，但在公开场合却常常手足无措的宅男。

他甚至看上去还有点阴柔。"我是一个色盲，我只能看得见几种的颜色，这就是为什么我所有的电影都对比很强烈，因为如果不这样，我就什么也看不到。"他笑着说。

这真是一个奇怪的男人，他是严重的色盲症患者，却当了导演，有严重的阅读障碍症，直到13岁才开始认字，却是一个典型的伍迪·艾伦式的知识分子。他考了八次驾照也没有过关，可是他拍部飞车电影却拿了最佳导演奖。他内心极其脆弱，但拍的却是随时机枪爆头的极其血腥的B级电影。他常年处在极度焦虑之中，以至于他五岁的小女儿会经常安抚这位焦虑不安的父亲："爸爸，这只不过是一部电影而已。"

他为了拍电影会去算命，常年用一条奇怪的格子毯子包住自己，甚至在炎热的泰国拍戏时也不例外。

"这是一个仪式，从第一部电影我就这么干了。我在电影的服装部找到一条毯子，把它裹在我的肚子上，以保持我内心的能量。除非我很生气，或者很热，很热，我才会把它拿开，不然我就一直系着，因为它会让我的胃保暖。它保护我，给我平静。"

雷弗恩的这番话让我想起我的一个邻居。我的邻居也是一个害羞的小男孩，从小父母离异，他跟着父亲调到我们厂里，父亲娶了后妈。小男孩内向寡言，平时倒也看不出什么不同，除了玩的时候，无论到哪里都要系着他的一条毯子，怎么劝也不行。有一次，他的后妈无意当中把毯子洗了，结果他便离家出走，从此再也没有回过家。

我以前总不理解为什么把一条毯子洗了，一个孩子会受那样剧烈的伤害，现在我明白了，也许每一个有着黑暗童年的小男孩都会紧紧地抱着他的毯子。雷弗恩有两个性格强硬的艺术家爸妈，他父亲是欧洲最著名的电影剪辑师，他的母亲也是一位摄影师和纪录片导演。

在雷弗恩八岁那年，母亲和父亲离婚，母亲带着雷弗恩嫁给了同样是摄影师和纪录片导演的索尔森，从安静的哥本哈根跑到热闹的纽约。可想而知，这对一个性格极其内向、有阅读障碍症的男孩是一件多么痛苦的事。

母亲只好把他送到他父亲任教的丹麦国家电影学院，过不了两年，他又自动退学。按照通常的人生剧本设定，雷弗恩有可能把自己混成一个街头小混混或者当上毒贩子，就像大部分包在毯子里，焦虑害怕的小男孩——据我所知，我的那个邻居，在他28岁的时候突然自杀了。

可是雷弗恩却很幸运，他把他的荷尔蒙转化成了创作力，他把他所有的阴郁与暴力放到了他的电影里。他的所有缺点统统成了他的招牌，他的阅读障碍症使他更习惯影像，更着迷于视觉冲击力，色盲让他形成了自己极端绚烂的电影风格，他的死宅让他仔细研究了大量B级电影。他的社交焦虑症让他只交往了唯一的一个女友，然后把她变成了老婆，生了两个女儿，拥有了安定幸福的大本营。

作为一个这么神经质的老公和父亲，雷弗恩最幸运的事是拥有情绪稳定、内心强大的妻女。嗯哼，你觉得是世界末日无比崩溃的事情，她们能轻飘飘地告诉你：It's just a film。

很多年前，有一个叫科恩的老男人唱过一首歌，歌里有这么一句歌词：万物皆有裂痕，可正因为那样，阳光才得以照进来。我们每一个人都有裂痕，有黑暗的童年，有不可理喻的父母，有出卖你的朋友，有悲伤的往事，有性格的缺陷。那些伤痛曾让我们遍体鳞伤，可是正因为这样，我们才更有机会去立即开始我们的改变。

就像古怪宅男雷弗恩曾经苦苦思索自己的命运，他电影里几乎每一个男人都被命运雷霆击中，轰然中只剩了半条命，可是他本人却示范了一个人所能对命运做的最大反抗。

"我本人是个胆小鬼，但是我知道你必须反抗，反抗你的父母，反抗你的命运……非常激烈的电影就是我反抗的一种方式……很难理解我为什么想拍一部电影，但我拍了，而且我学会了不成为它的一部分……"他说。

一个人所能对命运做的最大反抗：就是逃离庸常的剧本设定，成为另一个版本的自己，你必定亲手塑造自己的命运。

NO.3
就算只是
一条平凡的红鳉鱼

红鳉鱼是一种很廉价的鱼，长不大，相互之间又弱肉强食。唯一的特点就是和金鱼小时候有点像，所以常常被鱼贩子用来冒充金鱼卖出去。而调皮的落语（类似于中国的单口相声）学徒立川谈春，因为把师傅给他买金鱼的钱拿去吃烤肉了，就骗他的师傅立川谈志这是最好的金鱼。但这一次眼明心亮、脾气乖戾的师傅立川谈志也不戳穿他，而是优哉游哉地把鳉鱼放到鱼缸里一直养着，这便是作为TBS电视台年度SP——《红鳉鱼》的戏眼。

所谓的SP大戏就是电视台每年请无数名人拍的一出长篇电视电影，常常用来展示电视台的实力和人文精神，《红鳉鱼》就遍请名人：北野武、宫二还有日本单口相声界的牛人，共同出演日本单口相声大师立川谈志如何教徒弟的故事。

大部分的人都是红鳉鱼，看上去颇有卖相，却注定只有做一条鳉鱼的命运。就像谈春，虽然聪明伶俐，却天分一般，要命的是性格浮躁幼稚且自命不凡。这样的人，可能干什么都不会有出息，北野武扮演的师傅谈志是怎么训练他的呢？

首先是大量的琐事家务，去超市买东西，打电话，擦窗户，修理浴室里坏掉的水龙头，捉树上的毛毛虫，拔掉蔫了的杜鹃，赶走野猫……光记下师傅吩咐的事就是不容易的事，更何况是完成。

其次就是侍候喜怒无常的师傅，"让师傅高兴是你现阶段最重要的事。"

之后更被打发去筑地市场卖了一年的烧卖，在被人撞来撞去的卖鱼市场苦干了一年之后，谈春仿佛变了一个人。他会在师傅出门演出时给他准备好一双白色波鞋。师兄奇怪地问：为什么不是木屐，师傅是穿和服的呀。他说因为师傅要走一段蛮长的路，穿木屐太累了，不如先穿跑鞋，等到了演出场地时再换上木屐……用中国话来说，他变成了一个"会办事的人"。

细心，体贴，周到，为对方考虑，预想到人所不能，这就是所谓的"会办事"。

我们常常把"会办事"看成这人会拍马屁，懂得讨好，还真是小瞧了"会办事"这项才能，实际上"会办事"里有许许多多的综合因素，比如准确的观察能力、判断能力、执行能力以及对于对方心理的预测能力，这远非一味舍得去讨好人所能达到的境界。涉及所有人与人交往中的潜意识，是对生活一场又一场小型的"运筹帷幄"。

　　北野武本人也是一个"会办事"的人，他在《红鳉鱼》中扮演落语大师立川谈志。北野武本人就出身极其贫穷，父亲是个赚不了多少钱的泥瓦匠，还和妻子的女友出轨，他一直在最底层长大。

　　也许正因为如此，北野武成为东京最有性格魅力的野性男人，他酷爱开玩笑说脏话，当导演做综艺节目还演戏，他甚至还拜真正的落语大师立川谈志为师。只不过谈志大师素有知人之明，他劝北野武不要学相声，应该去做幕后，从此世界上少了一名单口相声演员，多了一个电影大师。

　　这个世界上的聪明人很多，只有特别聪明的人才能悟到人所不能悟到的东西，就比如从前的谈志大师说到的关于单口相声这一门技艺的奥妙。单口相声就是为人群之中90%的人生失败者服务的，逗他们笑，给他们安慰。谈志对于人生犀利的看法以及自身精准的定位，只有极聪明的大师才能悟到啊。

　　但仅有聪明是不够的，许多聪明的人容易浮躁，而要在生活里沉下去就只有在无尽的琐事里，在长久的对于生活纹理的触摸之后才能懂得。数千年以来，农业社会最常见的训练方式就是师傅带徒弟，看上去是在教导一个人掌握"会办事"这项技能，事实上是日常生活里的"修行"，就是要在贴身的事务里让你磨去浮躁，在繁琐里去芜还真，接触到生活真正的命门。

　　从前的师徒制虽然颇多专制，但也有它的奥妙。首先将你培训成为一个"会办事"的人，有眼力见儿，有抗挫力，有分析能力。如此，哪怕你没有才艺的天赋，也总能在这个世间安顿下来，并且还混得不错——这也就是谈志训徒的"红鳉鱼"哲学："鳉鱼就是鳉鱼，再努力也成不了金鱼，但也正因为这样，你才如此讨人喜爱。"

这世界，有人天生是金鱼，有人天生是鳉鱼，有人有可能从鳉鱼变成金鱼，在一切没有落听之前，要非常努力地寻找自己的方向，谈志提出了他的两个底线：

1. 绝对不要嫉妒别人。
2. 但也绝对不要轻易低头。

生活不易，成长很难，既要直面现实，在现实里勇猛精进，为自己找出路，又要学会真正接受自己，意识到自我的局限。

这是谈志所认识到的人生的奥秘：我们大部分的人都不是天才，就算真的认识到自己只不过是一条平凡的红鳉鱼，我们也有资格平静而骄傲地活下去。也许，这才是生而为人得到的最大的尊严。

NO.4
15年能穿上
同一件衣服的女人

　　这个世界上，我最佩服的是15年都能穿上同一件衣服的女人，前有刘嘉玲，后有她。

　　热门真人秀节目第四季，小个子的她穿着15年前在奥斯卡得奖的战袍得到了歌王。很久不见她了，几年前她去当了阔太之后，在我心里，她唯一的标签就只剩下"电臀"。当年她开始进军中国大陆，我有个朋友在索尼当企宣，带一个内地歌手，看不惯公司把港台歌星捧得跟神一样，背后一说起这位天后就面露不屑。

　　"那么矮，只好穿那么高的高跟鞋，连走路都得有人扶着，一副太后的架势，就知道天天把屁股甩来甩去，叫什么电臀……"除了为自己的歌手抱不平，还因为在我们这两个刚刚大学毕业的文艺女青年看来，她这样的歌星能够大红特红简直就是个笑话，一点人文情怀没有，整天就知道抛媚眼、扮性感、扭屁股，"DI-DA-DI，DI-DA-

DI"，啊呸！

时间过得真快，两个啊呸的女青年一下就变成了微胖届的女中年。当我看到她再战舞台时，不由自主都惊呼起来。哎，她真的没有变什么，无论声音也好，容貌也好，都是一副保养有致的样子。台风也没有变，站在台上依然甩着她的电臀。当看到那小个子的女人在镜头前穿着贴身的连身裤，连一丝赘肉也没有，不由得倒吸了一口凉气：41岁了，在台上又跳又唱，却连大气也不喘（*要知道多少20岁的歌手都做不到，这需要强大的体力和长期的锻炼*）。

我赶紧发微信给我的那位企宣朋友：哟，怎么回事，怎么现在感觉不那么讨厌她了，反而有点佩服她了。这身材，这嗓子，不够狠，不够努力，还真保持不下来……朋友及时给我发了两个流着冷汗的笑脸：同感，同感。

你看，时间真是个沙里淘金的东西，淘去心浮气躁的浮沫，让你看到人生最本质的东西。人生最本质的东西是什么？是天赋，是努力，是才华，是永不言败，是永远向前，是永不停摆的电臀——说到底，就是那绵延不绝的、永远闪亮的生命力。

当年我们不欣赏这样俗艳的生命力，觉得没有格调，可是后来我们经历沧桑，亲眼看到许多貌似有格调的东西都崩坏了，失踪了，拧巴了，反而当初那简单俗气的东西突然有了味道。"永远都那么努力。"这个小个子女人甩着头发，举着拳头用力地说。

如果从前你看到这个镜头会觉得有点可笑。可是，到了这个年纪，你突然有点想落泪的感觉。不是每一个人都能穿上15年前的衣服，只有她这样格外有恒心有毅力，对自己够狠的人才能做到。

这是那种从石头缝里也要找机会惊艳世界的女人。

是让人有些惊惧的。

几年前，因为她代言香奈儿，香港的贵妇团纷纷罢穿以示抗议，以至香奈儿不得不与她提前解约。是啊，贵妇们瞧不起她，一个自小丧父的孤女，母亲带她们姐妹三人去了美国，四个人睡两平方米的小屋子。在她们的眼里，她靠的不过是薄有几分姿色、会唱几首歌、格外低眉顺眼八面玲珑、嫁给有钱人（2011年，**她嫁给相恋多年的利标品牌有限公司行政总裁Bruce Rockowitz。婚礼在邵氏影厂举行，来了相当多好莱坞的巨星，名人云集**）。一个《苦儿流浪记》里的女生妄想跻身上流社会，想什么呢？

可是她们到底阻拦不了她那开了挂的人生，她依然游走中美，穿行名利世界，她的朋友是小贝，是詹尼弗·洛佩兹……

你看，她到底就是在那名利的巅峰待了下来。曾经穷到吃不起菜的小女孩得到了想要的一切，所倚仗的不过是这一具玲珑起伏的肉身与永不变色的笑脸。

都是漂亮的女孩，富家女是吃不了苦的，只有吃过苦的女孩，才不介意那么狠地用自己，先是拼命努力地读书，然后参加歌唱比赛，然后去录那些小明星才肯录的合集，好不容易让人看中，变成唱片商眼中的少女系歌手，每天唱那些文青看不起的口水歌。

是人都在说她好脾气，是人都在说她对谁都是一副笑脸。她总是这样周到，总是这样地卖力，她卖力地做好她的歌星，卖力地做好她的阔太，她卖力地在跑步机上飞奔，卖力地让自己光芒四射，光是这种不计代价、不遗余力的卖力已然让人有了一种震撼。

亦舒讽刺那些没有内在的明星，"美则美矣，没有灵魂"，可是做一个俗世里的性感尤物，也许真的不需要太多灵魂，保持美丽肉身，也许就是她们对这个世界的最大责任。

村上春树说：身体是每个人的神殿，不管里面供奉的是什么，都应该好好保持它的强韧、美丽和清洁。我敬佩15年都能穿下同一件礼服的女人，因为不管她供奉了什么，能15年如一日拥有更强韧、更美丽的肉身对一个女人来说总归意味着莫名强大。

生命如此渺小，但有时又如此强大，在时光的滋润下，我们逐渐洗去了身上的浮尘与喧嚣，留下那些苍劲有力的翠色——是优雅，也是强大。

NO.5
美貌、财富、终生被爱，
① 开了外挂的人生是如何炼成的

2015年，金马奖终于把"终身成就奖"颁给了李丽华。

当年过九十的李丽华坐着轮椅出现在舞台上时，全场起立，掌声雷动。精明一世美丽一世的她已经不大认得人了，甚至连奖杯亦不知道举了，像个稚嫩害羞的孩子一直手揪着扣子，但一直在努力地挥手与微笑。我的一个朋友在微博里写道："全程大哭……这很可能是影迷们最后一次看到李丽华公开亮相了。"

16岁拍《烈女传》，17岁以《三笑》与影坛一姐周璇正面对撼，造就李丽华的横空出世。这位两届金马影后，首位演了彩色电影，闯入戛纳、好莱坞的华人女星，一生拍过一百三十多部片子，直到上世纪80年代在台湾息影。

所有的影评人都说李丽华是一部华语电影史，可是大家对李丽华却又语焉不详。大部分时候，我们语焉不详都是因为所知甚少，而李丽华呢，恰恰是因为所知甚多而语焉不详，她太丰富、太立体，也太特别了。

她经历了华语电影激越时代的变迁，从民国时代，到香港沦陷时期，到1949年后香港复杂的左中右之争，她都是特别深地参与其中。她所经历的复杂，复杂到你无法给出一个简单的评价。刘瑜说，一个人就是一支军队，而李丽华是一个人就是一部华语电影史，你说怎么办？要怎么说呢？

如果你要问我，李丽华这个人是谁？我只能说她是五十年前的张曼玉加刘晓庆加范冰冰的合体，演技之精湛堪比曼玉，经历之跌宕强压晓庆，而走江湖之大气又艳压今日之冰冰，千面影后已不足以说明她的传奇。

只能说，从上海到香港到台湾，后又到美国，大概有四十多年的时间，"李丽华"，这三个字挂在海报上，就是三只金光闪闪的卖埠招牌——她是上世纪所有电影人都公认的影坛一姐，绝对的女神，江湖人称小咪姐。

评价一个老人一生美满，须得福寿禄三者齐备，李丽华轻而易举就做到了。

"福"不用说了，她从来就是"福将"，母亲是京剧名伶，怀着她还勒着肚子上台演戏。她生下来细小有如一只小猫，便有"小咪"一说。但个子小有个子小的好处，像周迅一样，天生有一张开麦拉面孔。李丽华还要更胜一筹，曲线玲珑，丰乳肥臀。

因为外形的缘故，李丽华可性感，可纯情，可青衣，可花旦，可谓千变万化，这还真是老天爷赏饭吃。观众缘好，她的电影总是卖座，从女学生演到村姑，从职业女性演到妓女，戏路之广，令人咋舌。难怪已故著名导演李翰祥说："女明星中论风采、演技，无人能及她。"

影坛一姐就要演武则天和杨贵妃这一传统大约是从李丽华而来的，武则天的凌厉美感与杨贵妃的侍儿扶起娇无力，须得由同一个人演来才过瘾，这才显示一个女人最丰富的角度。无论在演技还是在气场上，都显示了当之无愧的一姐风范。

"寿"明摆着——她出生于1924年，同时代的女明星早已各自凋零，只有她还一直活跃在影坛上，50岁时还能演主角。她扮演的《迎春阁风波》里麻辣的老板娘，就是后来徐克导《新龙门客栈》时张曼玉演的金镶玉灵感原型。

"禄"就更不用提了，上世纪40年代中后期，她是南下香港的女星里的头把交椅。那时香港一栋房子才几千块，她一部戏要价已近八万，足足买得下半条弥敦道。

1955年，电影《雪里红》由邵音音的父亲投资，这位国民党高官原意追求李丽华，任由她出价，结果她开出了八万的高价，但钱出了，邵爸爸却跑路了。芳泽没有亲到，却成全了李翰祥，李丽华点名要这个黑小子当导演，这也是李翰祥导演的第一部片子。

"小咪姐是前辈，能导她的戏是我毕生荣幸。"李翰祥提到李丽华通常是恭敬有加，他对于其他女明星总是诸多挑剔，唯有对这位携他出道，又不计前嫌帮他渡过难关的巨星姐姐，只敢开开她勤俭节约的玩笑。

在他那本嬉笑怒骂的影坛八卦巨著《三十年戏说从头》里，小咪姐从来就是行业模范："小咪姐尤其特别，一早进厂，就把服装穿戴整齐，坐在片场一角，轻轻地同仁们说说笑笑。气温35℃的天气，片场里起码超过40℃，她仍然披挂整齐，全副装备安然稳坐。最令人佩服的是滴汗不出，有道是心静自然凉也。"

巨星是巨星，工作态度没得说，要价是厉害，半个子儿也不能少她，但人也仗义，"片厂电灯匠由天桥上摔下来，小咪姐马上拿出一千块，叫制片把他送入医院，并且吩咐他安心静养，医药费由她一人包起。"

在那样的乱世，一个小女人以一己之力撑起了一个巨星的世界，鲜花烹油的名利场。周旋于异常复杂的上世纪50年代香港电影圈，还能不出娄子，富贵终老，有爱人相随，不得不说是一个女人老辣、忠厚而务实的人生态度，这开了外挂的人生也有迹可寻：

1. 美艳确实是天生的，但也要靠后天努力

李丽华个子小，经老，身材不用说，玲珑凸浮。但也不尽然是天生的，首先保持身材就绝对不是一日之功，其次适当的微调也是要有的。

从十来岁到二十来岁，可以看出眼睛是动了一点点手脚，割了双眼皮是跑不掉的，但也得说人家下巴、鼻子、脸型可真是原装的。当然，她也有她的bug，就是皮肤不好。卸妆之后皮肤极差，只因那时电影化妆用的粉底含铅严重，但退休到美国之后，就想了不少美容招术去拯救自己的脸。现在92岁，高清镜头之下，皮肤还是相当好——可见后天保养有功。

2. 永远选择自己想要的爱情和想要的男人

美艳女星通常情感经历丰富，李丽华当然也有，但比起那些滥情的人来说，她还算是蛮少的。

她早年嫁给上海颜料大王的二公子，火油钻收过，风光享过，以为自己当张少奶奶可以荣华富贵到老。谁知局势翻天覆地，1948年南下香港之际，已是二十来岁的单亲妈妈，上要扶养老母，下要养育幼女，唯一值得依靠的只有这一具肉身。人人垂涎她的美色，但她打得一手好太极功夫，这风情万种又心明眼亮的女明星的艺术不足为外人道也。

她与相识16年的老友严俊是日久生情。严俊虽然抠门，但对女人自有其温存的一面，两个人几番波折才走到一起。婚后两人生活幸福，当时的报纸上用了八个字："感情甚笃，出入皆双。"

1980年，严俊去世，她又嫁给自己的一位吴姓富商影迷。吴先生对她宠爱有加，杨凡的书中提到吴先生陪她来他影楼拍照，李丽华当时虽然也有把年纪了，但身材样貌都保养得体，还准备了红绿两套旗袍，吴先生表扬自己的太太："没有中国女人可以把红色穿得像小咪！"

2006年，吴过世后，李丽华从此足不出户，与外界甚少联系。

3. 活一天就干一天

李丽华嫁给严俊后，夫妇俩勤劳俭省，不敢稍有懈怠。

她曾经对李翰祥说："你放心，叫我们60岁以前，动老本绝对不干。活一天就干一天，有手有腿的不勤撼，多闷得慌。"对于那种大手大脚的后辈，她最常说的一句话是："兄弟，过日子不是老晴天大太阳，总得防着阴天下雨的日子。"

"活到老，干到老"是她的人生精神，就算息影移居美国，她也仍要与夫君开开银行，炒炒股票，甚至还想过开餐馆……

4. 笑脸迎人，乐观开心

没架子、爱开玩笑、诙谐幽默是李丽华的另一路性格。宋淇的书里写到有一次她去见女作家张爱玲，特地没有化妆，穿着朴素，回来后大大赞扬自己："一句脏话都没讲。"

她喜欢和年轻人开玩笑，什么事也不放在心上，从人的角度来看，李丽华是那种最有生命力的女人，是那种你把她丢到沙漠里，她也能开出花来的女人。多么艰难的日子，她都笑眯眯地度过，和未婚夫闹别扭，马上大开宴席庆祝分手。半年之后两个人复合又宣布结婚，大性大情，有着江湖人的洒脱。

上世纪90年代时，李丽华访台参加张菲和费玉清主持的《龙兄虎弟》。一场节目下来，花甲年纪的她又唱又跳又玩笑。事后，费玉清逢人便说："姜还是老的辣。"

其实李丽华的一生颇不容易，游走于复杂的世情，周旋于各种政治势力与巨大变局之中，但她却始终可以左右逢源，大放光彩，最后还能得以优裕终老，不能不说是一种智慧与福气。

张爱玲有一句话："上海人会奉承，会趋炎附势，会混水里摸鱼。上海人不单纯，他们是传统的中国人加上近代高压生活的磨砺，新旧文化种种畸形产物的交流。结果也许是不甚健康的，但这里有一种奇异的智慧。"

是啊，也许只有上海这样的地方才产得出李丽华这样的老行尊，她在深深的世味里把自己活成了一个幸福悠然的传奇。

　　人人称赞她是福将，但她那开挂的人生，其实大半都建立在她的性格之上：长袖善舞，趋吉避凶，一生勤俭，敬业好强，努力不懈。这样的女人，情商还特别高，特别会说话，特别会疼人，人还特别美，她不幸福谁幸福呢？有关她的故事有无数，但真要评价却无从说起，只能叹一句：到底是上海人，到底是李丽华！

NO.6

如果无法逃离深渊，
必然成为深渊的一部分

一

前几天，有人采访我，问我写了这么多年娱评，觉得自己像个什么人？

我说，我觉得自己像个看戏的，而且看的都是真人秀。

那人接着问：那你最感兴趣的是谁？

我说：所有和我同时代的人。

我的偶像马普尔小姐有句名言："像我这样，孤零零地生活在世界荒僻的一角，得有点癖好！"

马普尔小姐的爱好是坐在她缀满小玫瑰花的英式花园里喝着下午茶，织着毛衣，静等着身边一桩又一桩的案件，在这些案件里看到一个又一个的人性，这几乎就是一个漫长的游戏。而生活在网络时代，我们这些娱评人就完全不用去费力捕捉名人的闲言碎语，光是在报纸和网络上读到的就足以勾画出名流们的真实面目，闲时替他们的命运线添上一两笔，这也许是我个人无聊生活里最大的乐趣。

在我的关注名单里，有一个人叫Z。

以被黑而刷出存在感，大概是演员Z最大的标签。从前还只是抢戏、独断、浮夸、强吻女演员、各种打架以及撞人逃逸，最近竟然发展到"澳门赌钱欠巨债人间蒸发，赌场发函江湖追杀"。

别人出这种新闻一般没人信，但Z这么多年被黑成了一块炭，大家居然都相信了。直到后来自媒体又出面澄清这已经是春节的事，而且赌债已还清。直到Z自己也跳出来在微博上公开喊话他被人黑，这段黑历史才算告一段落。

事实上，Z这些年虽然没演戏，但经济情况貌似不错，还能住豪宅、开豪车。他出道早，上世纪90年代初期已经收入不菲，再加上多年来收藏艺术品，买画（这跟林依轮有得一拼）做资产保值，他混得不算落魄。从微博上来看，他过着富贵闲人的生活，到处游历，还随手抄个小诗什么的。对于名声不大好这件事，努力抗争了这么多年，显然现在他自己也接受了。

二

Z是谁？

相信大部分人只觉得他似曾相识，如果不是以前那部琼瑶的清宫戏一直在重播，如果不是他在社交网络上大鼻孔的表情包一直走红，恐怕人们早已忘记了这位在上世纪90年代末期红遍大江南北的绝对男一号姓甚名谁。说起来，还得托赖当年的他在琼瑶阿姨的指导下，那直追马景涛的表演功力，那样的声嘶力竭、那样的七情上面，甚至，那样的歇斯底里……

世上从来没有白走的路，也没有白使的力气，虽然稍嫌浮夸，但"福尔康"这张扭曲的俊脸还是被善忘的人们记住了，虽然是以笑话的形式。但有什么所谓呢，清如水明如镜的大美人蔡少芬演的坏皇后，一句"臣妾做不到啊"也被人做成表情包，但人家现在还不是靠着这个梗踏遍中华大地各处走穴。娱乐时代，放下架子与民同乐自黑是正道，一味端着，就只剩死路一条。

显然，Z没有意识到端着有什么不好，或者说他根本不知道他自己在端着，因为他的心里，他可是一个我本善良"品质高洁，彪炳千古，当之无愧的国之栋梁，民族精英（**此为疑似Z本人的天涯网友五角大楼评价Z的定语**）"的男人啊。

说起来，我也算是与Z有过一面之缘，在他最红的时候。

1999年，我和一个同行深夜去正在广州郊区拍戏的某剧组探班。那时的Z如日中天，是全中国最红的男演员，风头火势，绝对是今天的吴亦凡。范冰冰来探他的班，小心翼翼地同记者套着近乎。而真人方鸿渐——我最爱的陈道明先生则一脸不妥，听剧组的人说陈老师之所以屈尊接这种电视剧，是因为女儿要出国，他急着要挣钱。而片场最大的角儿正是Z，他身穿一件绿色军大衣，风神俊朗，看到年轻的女记者，以想当然帅哥恩赐的姿态一手抱了一个："来来来，我们到一边去谈心……"

老实说，那时我就对Z的印象一般，觉得此人膨胀到了一个境界，也许因为当时他太红。据说当年导《包青天》的导演被他气得不行，躲在监视器后面骂，可见他人缘之差。演了两部戏之后，Z慢慢就没了声势。有人说是得罪了陈道明，有人说是他太过戏霸。娱乐圈人多嘴杂，但有一件事非常明显，那就是Z确实是一个不怎么招人待见的人。

三

"如果说有那么一个演员最后让整个剧组的人都怨恨他，我见到的只有一个人，那就是Z。"一位二线小演员在网上这么吐槽。

同行对他在片场的言行是欲言又止，"太认真，要求完美"是最普遍的评价，翻译过来就是偏执不好相处。可是，不好相处的人通通都不觉得自己不好相处，只觉得世道艰难，人心黑暗。每次看到Z，我就常常想起我们在生活里常遇到的有一类人，我把他们通通归作"正义使者"。

"正义使者"通常都觉得自己是正义的化身，他们的世界里黑白分明，他们的人生里绝不含糊，他们对一切事情都非常认真，认真到偏执。他们对一切事都非常努力，但却努力得不是地方。

在他们的人生里，所有的错都是别人的。所有与他们意见不合的人都是坏蛋，所有不待见他们的人都是蠢货。他们在顺境的时候会异常狂妄专制，对他再好都是应该的。而他们在逆境的时候会异常敏感腹黑，他们觉得自己无比正义，却又感到无比孤独。他们和谁都处不来，因为他们深陷一种偏执的妄想——他们以为他们就是自己想象当中那个伟大、光荣、正确的自己，他们认为自己是超级英雄，但最终却活成了一个超级笑话。

这是为什么呢？因为他们本就不是超级英雄，但他们硬要扮成超级英雄，而且自己认为是真的，结果"笑果"就产生了。当然他们是不怕笑的，因为他们沉浸在伟大的自我感动之中——举世皆浊我独醒。

通常来说，"正义使者"应该是很开心的人，但他们却并不快乐，我就曾见过一个救助了一千多个贫困小学生的先进人物，私下是个极其暴躁、自私和无情的人。当时我就想，他动用了多少心力，去扮演人们眼中那个无私高尚的人，就有多少戾气发泄在他的助理、他的亲人身上。

伟大的心理学家弗洛姆说过："一个人体验别人和体验自己在形式上是一样的。"其实人格扮演和真我是很难区分的，唯一的区分是当你的选择不是出于本能，而是出于表演，那你就始终无法获得真正的幸福感。人生唯一可能的幸福途径是"知行合一"，用弗洛姆的话来说，就是"除非人能靠发挥自己的能量，使自己过上有创造性的生活，除此之外生命没有意义"。

你必须要依靠自己的力量找到真我，过上有意义、有创造性的生活。这是多么难的人生任务，所以大部分的人都没有勇气做这样的选择，大部分的人都在扮演他们自己期待的角色，更悲剧的有一种人是终身都在扮演他们父母期待的角色。

我曾认识一个苦读医科多年的朋友，就叫他小罗吧，三十来岁就成为了他母亲眼中最厉害的人——一个最牛的外科医生，但前一段时间他突然抛妻弃子去当了和尚，谁也不知道这个家庭幸福、功成名就的男人为什么要弃家而走——实际上就是对于现实生活深深的厌倦吧！厌倦了他多年扮演的角色，厌倦了成为母亲眼中成功的好孩子，厌倦了这种永远要扮演其他人的生活——毛姆的《月亮与六便士》里有句名言："一般人都不是他们想要做的那种人，而是他们不得不做的那种人。"

小罗有勇气跑，但大部分的人从此就埋葬在他们的角色里，多数人死于平庸，而少数极品更发展为奇葩。

就像很多人都讨厌的Z，扒开那些大鼻孔的丑闻，扒开那无穷无尽的嘲笑，如果你愿意再往深里看一点，他就是一个平常人家的男孩子。一个从小就极度孤独的少年，一个从小就被双职工父母关在黑屋子里不许有朋友，只能偷偷在门缝里和人说话的少年。一个四岁就跟奶奶到上海，寄人篱下的小男孩，也许从那样黑暗的童年走过来的男孩终身都摆脱不了那黑暗的孤独吧。

网上的新闻说他给父母买了新房子，装修时从北京到西安来回飞了二十多趟，机票远远超过装修费。安排父母出去旅游，全程安排要精确到小时和分钟……这真让人感叹，这一生，这个半辈子都在讨人嫌的男人过得多么焦虑。

"如果你认识从前的我，那么你就会原谅现在的我。"

我们当然没有资格去评论和原谅一个和我们八竿子打不着的人，但我们也许可以在无情的嘲笑里多几分警醒，因为我们在奇葩的身上可以照见命运。

这让我想起17年前那个有点凉的暗夜给我的某种暗示，17年后，那个有眼力见儿、有野心、有魄力的小女孩最后终成中国一姐，而那个满脸不爽的、当时稍显过气的中年大叔已然成了德艺双馨的艺术大神，而意气风发的、最红的男星最终却成了丑闻满身表情包里的男主角，能说什么呢？

　　"性格决定命运。"

　　人生最残忍的那一面是——如果你无法逃离深渊，就必然成为深渊的一部分。

平衡 ②

Life is a
Sunday morning

不是每一个女人都必须是美女，

不是每一种人生都必须幸福，

不是每一秒钟都必须平衡。

① Chapter 2

没有真正
无懈可击的生活

NO.1

什么样的女人是
男人心目中的终极女神

什么样的女人是男人心目中的终极女神？

在这个问题上，我更倾向于害羞、内向，还有点孩子气的男性的答案。因为害羞和内向的男人对于女性的美有一种更为公平的欣赏，虽然都是男人，但因为个性羞涩，他们更懂得远观的欣赏，不至于那么肉欲，而孩子气又让他们有一种更坦率的天真，如此这般，看女人才算看得客观。

当然除此之外，最好的职业还是导演，导演要挑女演员，于千人万人之中一眼就相中那个最耐看的，眼睛锐得跟鹰一样，就像我问张艺谋为什么一眼相中巩俐、章子怡，他憨笑一下："一种直觉。"

羞涩、内向、孩子气再加职业是导演，符合这几个条件的，在我心里，就只有一个男人——阿尔弗雷德·希区柯克。

希区柯克是上世纪最出色的导演，没有之一。虽然他一辈子只娶了一个老婆，并且相守到老，但并不代表他不懂欣赏女人，反而正因为这位体形过于庞大的杂货店少东极度羞涩和内向，他对于美女有一种近乎恶毒的挑剔。他说全世界人的甜心、人间尤物碧姬·芭铎（Brigitte Bardot）是"一只被端上圣诞晚宴的火鸡"。说特雷莎·怀特（Teresa Wright）是"毫无性感味道的未成年少女"。而他钟情的美女，是英格丽·褒曼这种完美无缺的金发美人，眼神冰冷，智商高企，男人一看就知道他们糊弄不了（PS：**虽然褒曼不喜欢矮胖的希区，最终爱上的是意大利型男。但也因此，她的拒绝成了永恒吸引他的魅力的一部分**）。

和一般好色而愚蠢的直男不一样的是，希区柯克欣赏富有生命力、个性独特的女性，比如他早期极其仰慕的卡洛尔·伦巴德。万人迷盖博的妻子卡洛尔虽然不够出名，而且很早就因为开飞机失事去世，但她过人的魅力吸引了挑剔的导演。

他回忆她时很深情："她爱说荤笑话，说起话来用的词语都是男人常用的那些。我之前从没听到过女人这么讲话。她个性很强，在我看来她的魅力是远远超过盖博的。反正，我很喜欢她。"

创作者一旦拥有自己的审美，当然就不舍得放弃，于是早在上个世界的五六十年代，在那个到处还是胆小的、退让的优雅淑女时代，希区柯克就在他的电影里塑造他心目中最欣赏、最俏皮、最吸引他的女性——如果你看过《捉贼记》，在这部希区柯克唯一一部不以谋杀为主题的帅哥美女养眼爱情偶像剧里，格蕾丝·凯利塑造的富有美丽的美国单身女郎形象，完美地呈现了他眼中女性的聪明与锐利。除却那不可方物的美丽，格蕾丝·凯利饰演的斯蒂文小姐全身上下都充满了摩登的现代感，她的一言一行以及所思所想，在当时是离经叛道得可以。但是现在看来，简直可以成为当下都市现代单身女郎的言行指引。

谁能想到这居然是在1955年拍的片子，不得不服希区柯克那超前的对于女性审美的直觉。

具有什么样的品质才能成为直男的女神，希区柯克雪茄一挥，画出的是这样一幅图像：

1. 她们会选，知道什么适合自己

美丽这个东西不可复制，但品位可以，斯蒂文小姐超级会选衣服。一般来说，会选衣服的女人也会选男人……在这部电影里，她的每一次出场都让人惊艳，而且从不出错。她开场所穿的那件蓝色长裙，还有定情时所穿的那件纯黑泳装，都是经典得不能再经典的作品，所以当电影里的男主角听吃醋的小飞贼骂她"看上去很老"时，淡淡地回应道："你和她的区别就在于，你是女孩，可她是女人。"

2. 直接，主动争取自己想要的

电影里，男女主角第一次见面时，高冷的女神几乎没怎么说话，但在男主角送她回房间时，临门果断地一吻，在男人心上盖下了自己的印章。即使是50岁的格兰特这样的老江湖，在这样的女性面前，心头也如老鹿乱撞。

3. 强大，具有超赞的掌控力

全剧最精彩的一段戏是飞车这场戏，在甩脱警察时，美女轻松自

如地掌控着跑车，一边在悬崖绝壁上盘旋，一边畅谈心事，而坐在车上的男人在强劲的车速下，吓得手心出汗。你看，我们要努力学习，当你拥有越多的新技能，对于生活拥有更强大的掌控力，你的姿态就越淡定，你的内心就会越强大。

4. 自信，"珠宝是假的，可我是真的"

男女主角定情的那个晚上，老江湖格兰特调侃女主角："你我都知道，这卡地亚项链是赝品。"女主角自信地拉住他："可我不是。"这份骄傲的自信一下子就吸引了男主角，让他那颗久经沙场的心也酥软下来，开始真心喜欢上这个女人。

1955年，大部分的男士和大部分的女士都只有两种女性审美（要不然风骚坏女人，要不然贤惠端庄女）的时候，希区柯克已经为我们创造出了这么一个可爱的现代的女性，她聪明，幽默，敢想敢做，想要什么就直接表达。

虽然有点不习惯，代表着老派绅士风的格兰特真诚地表达了他的欣赏："相当好，你了解自己，知道自己要追求什么，决不退缩。"

随着时代的进步，女性将越来越有力量，改变自己，改变世界，追求自己想要的东西。希区柯克未必能真的看到时代的变化，但是他以一个有智慧的男性的眼光表达了他对于生命的善意。

是啊，只有没有生命力的男人才会欣赏那种怯弱得像一只小鸟，呆板得像一幅画的女性，就像苍白的艾希礼喜欢隐忍柔弱的媚兰，而强大的白瑞德欣赏聪明倔强的郝思嘉一样。有力量的男人才有能力欣赏有力量的女性，而这样的女性都有一个共同的特点，她们永远都珍视自己，不管她们身上的珠宝是真是假，她们都一样自信。

现代diva（名伶）斯嘉丽·约翰逊有一句名言："自信是被爱的核心。"

如果一个人连自己都不爱，又怎么能让别人爱上你呢？好的爱情，让你更爱自己，从不动摇。好的自信，让你更相信自己的力量，你永远是值得爱的人。

钻石是女人最好的朋友，自信也是。

愿你我都能自信地生长，因为只有活好自己，才是对这世界最大的礼物。

NO.2

① 习惯无常才能靠近幸福

我人生的第一场红馆演唱会是去看林忆莲。

朋友帮我买的票，山顶位，实在是远，这时才明白"山顶的朋友你们好吗"一句中戏谑的味道，但也因为是山顶位，才知道红馆有多陡，更因为是山顶位，得以纵瞰整个红馆，所有演出效果皆在眼皮底下，觉得格外壮观。

我之前已经看过两场林忆莲的演唱会，但都不如这次红馆感人。也许因为红馆比较小，也许因为林忆莲在香港本地比较放得开，她真是我见过的最有现场实力的女歌手，舞唱俱佳。要知道，此时的她，已是人到五十。她身材保养得当，皮肤亦好，现场的大银幕不时扫过乐队，那里有她现任男友恭硕良。

恭硕良小她11岁，是澳门人，绯闻始于2011年，当时全港哗然。更令人寻味的是两人的反应，林忆莲上传了一张手指放在嘴唇上的照片，上面写了一句话："该说什么呢？"而恭硕良这边的回应是："传什么都不会影响阿Jun和忆莲日后的合作。"

此后，香港狗仔队屡次拍到两个人拍拖吃饭的场景，2014年更一度风传婚讯，随后恭表示两人没有结婚打算。也是，结什么婚呢？两人都历经沧桑。有句话不是说吗，陪伴是最长情的告白。

一个女人一生中爱上的男人都差不多，有些女人一直爱帅哥，有些女人一直爱大款，有些女人呢？则一直爱才子。

比如林忆莲。

林天后只爱才子。

历任男友全都是幕后拍档，香港媒体对林忆莲薄有非议的是她的恋爱风格。她人生的每一个转折点常与某个才子有关，当对方的才华不能再滋养她进步，甚至成为消耗她、让她痛苦的恋人时，她就会转向。

从前许愿是，后来的李宗盛更是，而如今的恭硕良也颇符合。林忆莲所交往的对象基本是音乐界的才子能人，她选择感情的方式是他们都能滋养她。当然，她也能给他们灵感。成长都是相互的，对吗？

爱才子是许多女人的通病，结局都不太美好。才子们有才，所以更自我、更精明、更强悍、更无情。当你心甘情愿"化作春泥更护花"，最后也无非落得"零落成泥碾作尘"。《人生》里的巧珍最典型，贤淑温柔体贴地把男人供养上去，自己却被抛弃，中国许多男文人最喜欢塑造这种全盘奉献型的"圣母"，简直就是其心可诛！

现实中，台湾玉女李烈铺佐才子罗大佑十年，最终孑然一身黯然离场。最惨的当属法国的卡米耶·克洛岱尔女士，她的才华远远高过她的情人，但当她为伟大的罗丹耗尽心力后，最后结局是在疯人院里孤独终老。张爱玲那句"离开你，亦不致寻短见，我将只是萎谢了"是所有爱上才子后失落的女人们的最佳写照。

强悍睿智如张爱玲都难逃此劫，更何况其他。目力所及，逃离这种命运的女性没有几个。但也不是完全没有，以女明星为例，香港有林忆莲，内地有徐静蕾。这些女人共同的特点是都借助了才子们的提携，以平凡资质几度华丽变身，成就了自己无可企及的圈内地位——不错，她们给过才子们灵感，但同时才子们也用才华成就了她们——我想才子们大约也乐于与这样的女人恋爱，因为安心，因为不用面对怨妇。你看林忆莲与李宗盛分手时多么洒脱："我们都很好，亦做了一些准备。迎接各自的未来，似乎也不那么遥远……就让生命多添一种色彩吧。"

波伏娃说："女人不是天生的，女人是变成的。"

女人大部分都经历过痴情小女人的阶段，徐静蕾拍过《一个女人的来信》，爱你是我一个人的事，在我看来简直是自私的茨威格灌给执着小女人的迷魂汤。林忆莲亦唱过《情人的眼泪》《爱上一个不回家的人》，那是多少怨妇的心声。谁不是从那可怜的弱小的依赖的女人走过来的，只不过有的女人永远那么傻，有的女人却能穿江过海，在无常世事里，炼就自己的兰心慧质，走上通向心智成熟的道路。

我不知道林忆莲恋情如何，只知道这恋情于她是锦上添花，有当然好了，失去了那就再找。看到这样的女性，真让人开心，她们给了我们最生动、也最深刻的启示——

第一，创造拯救生活，延展生命阔度，远比小情小爱更有意义。
第二，永远选择滋养你的人，如果不行，至少远离那些消耗你的人。

第三，相信你自己，更相信成长。

其实细究起来，这些都是普通的为人准则，男人们几千年来都在实行，只不过当女性也学会运用这些准则时，我们会诧异她的"无情"。有何无情可言呢？自古情多累美人，有时候无情一点对大家都好。

在这个竞争与性别无关的激越时代里，女性与其梦想依附他人，永远不如成就你自己。与其惧怕无常，不如正视无常，既然世间一切均无常，无忧亦无怖的方法只有面对。

习惯无常才能靠近幸福。

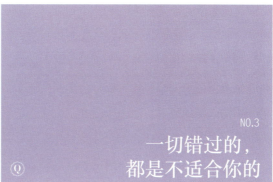

NO.3

一切错过的，
都是不适合你的

在很多人看来，他配不上她。

他是街头小混混，她是好人家的小公主；他高中毕业就混迹江湖，她读到硕士，在外企工作；他沉默寡言，她软语融融……当然，他很帅，这个她不否认。她暗恋他多年，能帮的事都帮了，能做的事都做了，两个人的关系还是淡淡的，比朋友多一点，比情侣少一点。

公平一点地说，他人也不坏，甚至在朋友之中，也是顶讲义气的人，可是他的好脾气、他的好义气唯独在她那里失了效。

29岁那年，女孩问自己，就这么拖下去吗？

中秋节的那天晚上，女孩终于下了决心，问他："那谁谁追我很紧，你觉得我可以接受他吗……"

他薄怒上脸，喝止道："这个你问我干什么？"

从此两个人音讯断绝。

十年之后，她搬去深圳，偶然在路上遇到，男孩苍老了不少，现在一家港资公司做事，给老板开个车顺便还做些杂事，看上去倒颇有了一点浩南哥的风采。两个人交换了电话，正好高中同学又约了一个大饭局，这就算联系上了。

大家在同学群里，有一搭没一搭地聊着天。后来她就见到了他们一家的照片，一妻两儿，算是圆满家庭。他的妻子，出乎意料的不漂亮，而且还有点胖，有点憔悴，听说也没有工作，就在家里做家务带孩子。她马上把照片发给高中时的死党看："啊，原来我以为他是嫌我不漂亮，没想到他现在的老婆比我丑多了。"

闺蜜说："心里很高兴吧，暗恋对象娶了比你丑的女人。"

她笑着说："也没有高兴，也没有不高兴，就是激起了好奇心。"

闺蜜又问："你干吗对他这么上心，还想来次婚外恋吗？"

她顿了顿，说："我就是想和他单独见一面，问他一个这么多年来我一直没想清的问题，就是我们相处的那些年里，他到底有没有爱过我？"

闺蜜："……"

机会来了，她公司要办两地牌照，于是她约了他吃了顿饭。

十年过去了，她和他的处境依然如初。她经济不错，老公忠厚，自己的小公司也打理得风调雨顺。而他依然有点窘迫，两个孩子、一个太太要养，负担也重，说起工作依然有点烦躁，看起来是比较辛苦，可是他也骄傲，不跟她诉苦。

把两地牌照的事聊完，她就淡淡地问他："你太太一定很好吧，要不然你干吗要选她结婚。"

他明白这话里的意思，脸也红了："年轻时懂什么，怀孕了就结婚了。"

她又笑："那肯定还是温柔贤惠的。"

他脸上晃过一丝得意的神色："以前有可能吧，主要是那时她为我还割过腕，我觉得不能负她。"

就这么一句，像一道闪电照亮了她的心，噢，原来他要的是这样的女人——没有他不能活的女人，最爱他的女人，为了他能死的女人——好残忍的要求。

吃完饭回来，和闺蜜电话，闺蜜问："你到底问了没有，他到底有没有爱过你？"

她说："我没有问，因为我觉得不用问了。"

"为什么？"

"这是一个多么自卑的男人啊，自卑到需要另一个女人用自杀来证明她对他的爱。我觉得好庆幸，幸亏我没有和他走下去。"

"那现在他如果说爱你，你会和他走下去吗？"

"应该不会吧，"她缓缓地说，"一切错过的，都是不适合你的。"

后来，她在网上无意中看到一个视频，就是1992年沈殿霞采访的前夫郑少秋。银幕里，面对这个因为爱上别人离开自己的俊俏男人，沈殿霞强作镇定。在问完许多问题之后，这个已经同前夫离婚十年的女人，这个外人面前胸怀无限大的女人，到底还是问出了那日日夜夜盘旋在心头的心底话：你到底有没有爱过我？

郑少秋没料到她这么敢问，一愣神之下，说："有，有，我好中意你。"

是人都知道，中意不是爱，肯定的回答，否定的意思，却是可商量的态度，那更像是对对方当年不顾一切付出的一种微弱的答谢与抱歉，让他能下台。

更重要的是，也让她能下台。

看完视频的那一刹那，她冲口而出的问题是："问这个干什么呢？"

是啊，问这个干什么呢？无论是沈殿霞也好，无论自己也好，问一个离开自己的男人这个问题基本上都很蠢吧。问的人心酸，答的人也尴尬。话未出口，已露败相，哪种答案都不对劲。他说爱过，你能怎么样？扑上去再重续旧缘，只怕此时徒剩黯然。他说不爱，事隔十年再撞一次铁板，送上门再受辱一次。在你们俩的关系里，从前失败的是你，到了今天，失败的仍然是你，一重否定不够，再寻求双重否定，是否有点犯贱？

他到底有没有爱过你？

这种问题，最好想都不想起，就算想起，问问自己足矣，他有没有爱过你，你当然心里有数：他在过去的某一刻应该爱过你那么一丝丝吧，要不然你们也不会纠缠那么久，但是他爱得有你那么深吗？那肯定不是的，要不然当年你也不会愤然离开他。

他有没有爱过你，有什么重要呢？

每一个人都只用管好自己的问题，嗯，你知道你曾爱过他，你在过去的某一段时间里曾经深深钦慕过他，这就够了。至于他爱不爱你，那是他的问题。如果一定要拿着这个问题去逼问他，那么只能说明两点：

第一，你真的好介意他不爱你这件事。

第二，你真的好好胜，几近偏执。

嗯，我那么好，我那么爱你，你怎么可能不爱我？你为何不爱我？到现在你后悔了吧？你选择错了吧？

……

还是另一种不甘心吧！

他说一句爱你，就能让你梦中不再流冷汗，就能完全洗刷当年那种不被爱的侮辱和痛苦吗？如果是这样，那只说明一点，你依然活在别人的眼光里——你依然是一株无根草，永远依靠别人的水而活。你依然幼稚如昔，难逃一劫。

忘了吧，

算了吧，

放了吧，

接受吧，

面对吧。

过去的就过去，就算他不曾爱过你又怎么样，又有什么要紧？

从前你曾经爱过他，你不后悔。现在你有了爱你的人，你很幸运。而最重要的是，你终于学会了如何爱自己。

NO.4

人生很短，恨别太久

她被人抛弃了。

无情无义地抛弃了。

多年的感情，连一句解释的话都没有，他还扬扬得意地说："我找到真爱了。"他还有理有据地说："真爱就是无所畏惧，你应该知难而退，大度放手……"

他无影无踪飘然而去。更过分的是，他带着他的新欢在她的世界里耀武扬威，她竟然口不能言。

是啊，好赖也是知识分子，好赖也是史学硕士，好赖也是名牌大学的副教授。冲上去讽刺几句，人家说你牙尖嘴利；黑脸变色拂袖而去，人家说你心胸狭隘；难不成还要赞美与鼓励，那也真是强人所难，到底过于虚伪……

更激烈的，还能怎么样呢？像某报的女编辑一样，投河自尽，把自己的生命当成一把匕首，把两个狗男女钉死在耻辱架上。但是真可惜，只钉了一两天，那两个狗男女就不见了。人民群众是多么善忘的动物，世界那么大，那么多新闻，每天层出不穷，有谁还会记得这档子事。"死也白死，而且为这么渣的人死真不值得，对得起你这么多年临窗苦读，为了更好更美更自由的生命吗？"闺蜜劝她。

那就只能自刺双目，当看不到，广东人说：没眼睇——可惜的是，眼睛还得睁得大大的，不能荡出泪花，不能落下水珠。

她五年没有谈过恋爱。

有人说她还记着前任，这可真是冤枉，前任长什么样她都忘记了。她有的大约只是不忿吧，一个人做人怎么可以这样？订下的合同，说撕就撕，连一句道歉的话都没有。话也说回来，道歉确实没有用，但道义上你还欠我一个说明，欠我一个道歉呢？

陈冠希在飞机上见到阿娇，还二话不说，当时就写了一封长信向她道歉呢，你怎么连陈冠希也不如。如果没有这个说明这个道歉，怎么能够将一段人生里郑重交付的情事画上句号……还有，还有心里深切的不解，为什么一个说过永远爱你的人能做出这样的事？为什么你爱过的人要这样对你？

朋友都觉得她傻，说她想不开！这有什么不忿的，每个人都这样，喜新厌旧，贪懒恶勤。"这是人性，你懂吗？"她知道这个理，可是就是想不通。她开始明白那些劈腿男的老婆们为什么会那么傻，自杀的自杀，发狂的发狂——还是真的很难解脱，有一种人生全面被否定的失落，啊，原来你真的是不值得爱的人。

她不是狭隘的人，有时笑话自己，真是天性执着的人，有时也告诫自己，不要被那强烈的自我否定挟制，但是，痛苦是需要时间来解脱的。

五年之后，有一天她看到一本书，书里讲到孟敏堕甑的故事。

后汉时，有一个叫孟敏的人，巨鹿杨氏人，客居在太原。有一天他背着甑正走，不慎把甑堕在地上，摔得粉碎。他看也不看，自顾自就走了。当时的名士郭林宗见了很奇怪，问他为何如此潇洒，他回答说："甑已破矣，视之何益？"

是啊，瓶子都碎了，你再想再看再恨有什么意义啊。恨也没有意义，爱也没有意义，因为它就是过去了，不存在了。

她突然哈哈大笑起来，五年黏附在她身上的痛苦，突然在这一刻全然掉了下去。是啊，你跟个破瓶子较什么劲啊！它碎了，不在了，你要做的是头也不回地往前走，苦苦抱着那一堆碎片发狠。真是个痴人啊，而且还是比较蠢的那种。

还是自视太高吧，自视太高，难免不敢相信不愿相信有人会抛弃自己吧！

自视太高，难免不能释怀，为什么自己居然失败，为什么高明如自己也会搞砸一段感情，为什么没有先见之明——这真是要了命的执着啊。

瓶子碎了。好吧，你必须接受这个事实。你的瓶子碎了，无论它是被人打掉，还是你自己没有看好，还是两者皆有，你肯定很不高兴，你肯定很悲伤，你肯定很遗憾，甚至，你还会很恨，所有的情绪都是应该的。不高兴就不高兴吧，悲伤就悲伤吧，遗憾就遗憾吧，恨就恨吧，都是应该的。但记得在这所有的情绪之后，试着对自己讲三句话：

一、请你原谅自己。如果不能马上原谅自己，至少别揪紧自己。
二、请你原谅对方。如果不能马上原谅对方，至少尽量忘记对方。
三、请你原谅这世界。如果不能马上原谅这世界，至少尽快地离开现场。

悲伤的事情发生了，这世界没有温柔对你，但这世界一直没有温柔对待每一个人的义务，它似乎对所有人都这么无情。而且就是因为这世界没有温柔对你，所以你要更加努力温柔地对待自己，这有点难，但不要紧，你有的是时间。

亦舒说再过几年，说不定你会大大地惊讶，为什么当年自己要为这么一个破人破事而伤神。所以，请你把一切交给时间，对一段不值得回首的感情，对一个不值得爱的人最好的办法是：不顾而去。瓴已破矣，视之何益？

人非圣贤，孰可无恨，对于那些你心底的怨恨，如果不能即时清零，也不必苛求。要知道人各有别，有些人恨的时间比较短，有些人恨的时间比较长。也许，你就属于恨得比较长的那种类型。说到底，一个人的人生哪能没有恨事呢？没有这样的恨事，就有那样的恨事，没有什么了不起。

一千多年前，那个叫李煜的男人就告诉过我们，人生嘛，就是这样，没有恨怎么能叫作人生呢？落花流水春去也，自是人生长恨水长东。春花秋月何时了，往事知多少，死死地纠结于那些往事干什么呢！无非是跟自己过不去，没什么好过不去的。人生很短，恨别太久，把恨的时间用来往前走，往前走不是为了别的，而是要最快速度地把恨狠狠地撇在身后。

　　恨太丑陋。

NO.5

Q 失去平衡也是平衡的一部分

"接受是唯一的路。"这句话从一个68岁香港女子的口中说出来，还真是有点吓人一跳。

这是一个古怪的女人，如果你在街头碰到她，可能会吓一跳，一个穿得像流浪汉的女人，她最常见的打扮是上身一件肥大的格子衬衣，下身一条蓝色运动裤，脚上一双旧解放鞋，一条嫩黄长裙有时系在运动裤外有时当抹汗的颈巾，身上缚着一台旧的照相机，相机上系着大大小小不同的毛巾。

"我妈妈说我像乞丐，去博物馆被当成露宿者，行山被警察认为是偷渡客。"她无儿无女，独居在弟弟送给她的在西环的一层五百平方尺的房子里。按世人的标准，她的生活真的很失败，可是也不能怪她。她从小生活在南丫岛一个极度贫困的家庭，父亲是跑船的船员，常年不在家，全家就靠母亲卖果茶、凉粉和种菜、养猪维生。因为她是大女儿，所以弟弟与妹妹都等于是她带大的，"六七岁就要做家务，每天6点起床卖果茶，卖完赶紧回家烧柴煮饭做家务，还要给弟弟妹妹喂饭、换尿片……"

母亲是旧式女性，严重地重男轻女，她读到小学六年级就辍学去打工。到26岁的时候，因为小弟弟要结婚，家里房子太小，她就被母亲赶出家庭，大半生做着最底层的工作。当过电子厂女工，也当过晒相店店员，还当过餐饮侍应，后来成为报社的摄影记者。

她终生都没有怎么挣过大钱，又因为从小看到女人为妻为母的不容易，她也终生没有结婚。这大半生，她的生活轨迹是只要存了一点点钱，假期就会去各地旅行拍照，银行户头上常年只有1000块钱。

按我们常人的理解，这个女人一辈子可怜极了，狼狈极了，可是站在我们眼前的她却很快乐。她快乐的原因是历经半生终于寻找到了自己想要的生活。年过六十的她，可以整整四年都躲在草丛里拍她的蜻蜓，"一年只有两个月可以拍，不可以太热，下雨也不行，我就喜欢挑战高难度。"

她拍照得过很多奖，不时还会开摄影展，日子过得充实又忙碌，她在她的摄影展上，穿着红衣，化着妆的笑容很灿烂，没有一丝阴霾。"一年四季都好忙，春天要拍木棉花，夏天要拍蜻蜓，秋天和冬天有好多候鸟（可以拍），不知多充实。"

不介绍不知道，这位有点奇怪的香港女性叫周聪玲，是香港明星周润发的胞姐，著名的女摄影家。2015年3月她开了自己的摄影展，名字叫"心眼看大千世界"，拍的是蜻蜓。每个人都以为她会叫弟弟来捧场，她却没有叫。"他太忙"，其实是不想麻烦他，除了接受弟弟送给自己的房子（周润发给每一个兄弟姐妹买了一套房子），她没怎么倚赖过这位巨星弟弟。

上世纪80年代，她在餐厅当侍应推餐车，有些媒体拿这件事大做文章说周润发不管姐姐，她大方地说每个人都应该自食其力。反倒是弟弟受她的影响，也端起了相机，身家十几亿的周润发先生也爱上了摄影，和姐姐一样翻山越岭，到处拍摄。

你看，无论是贫穷还是富有，出名还是一文不名，人生走到最后，其实都差不多。殊途同归，都得为自己的灵魂找一个栖息地，只不过富有的那个可以拎个莱卡，而普通的这个拎着尼康。

有时候，我们很不幸，遇到一个无法改变的失衡的世界，怎么办？

也许最要紧的是面对失衡，接纳失衡。没有爱的童年，剥夺了自由的时间，重男轻女的母亲，备受伤害的岁月都是不可改变的，只有接受。接受你失衡的人生，因为可能这本身就是人生的一部分，就像阴影是光明的背面。不完美是完美的背面，而失衡是平衡的背面。

不是每一个女人都必须是美女，

不是每一种人生都必须幸福，

不是每一秒钟都必须平衡。

也许，人生本就是从一个平衡跑向另一个平衡的过程。当失衡降临，我们也许最应该做的就是坐下来，静静面对自己仓皇恐惧的灵魂，问问自己是什么让我们失衡？

失衡究竟有没有那么可怕？如果没有那么可怕，那么在失衡的震动里，我们可以为自己做点什么。

在所有的关于求取平衡的秘诀里，我最喜欢的一句话是电影《Eat Pray Love（美食、祈祷和恋爱）》里智慧的上师的那句台词："有时候，失去平衡恰恰是平衡的一部分。"

NO.6

①有力量相爱，也有力量放手

　　刚刚离婚不久的美丽女明星被发现和帅哥男友同居，被狗仔队拍到表现亲昵，互相喂食，甜蜜亲吻。

　　报纸一梳理，发现两人认识的时间其实是在女明星与导演前夫离婚之前，也就是说，有可能，我只是说有可能，女明星在婚姻内的时候就爱上了别人。

　　而这时再去看半年之前那一场突如其来的离婚事件就有意思了，其实美丽女明星和导演前夫结婚时，就有人说过两人不般配，女高男低。女生出了名的漂亮，而且人也单纯坦率，而男生则只是一个导过几部小众戏的文学青年，长相身体都在水准线以下，更别提钱了。而且还听说情史丰富，婚后也没少听过他的绯闻。他们俩离婚的时候，谁都以为是男的花心，但现在来看，应该是导演前夫发现了妻子恋情的苗头，断然选择了离婚。

普通的中国男人发现妻子有外遇，甚至不用有外遇，有暧昧就已经怒不可遏，因为绿帽子是中国男人的奇耻大辱。可美丽女明星的导演前夫却写了一封很文艺的分手信，事后再来读这封信，才能读懂它后面的深情厚谊：

这一段路上，我们努力地走过，走不动的时候，要有停下来的能力。缺乏勇气，选择沉默，才是残酷的事情。

（事后解读：婚姻的存在要靠两个人的努力，当你不再爱我，我们最好的选择就是让这段婚姻停下来。如果缺乏勇气，不去面对，才是对彼此的不负责任和对自己的残忍。）

那年初夏的傍晚，我和你坐在马路边吃冰激凌。正是下班的时候，一街的人和车，夕阳猛烈。你用手挡在额头上，眯着眼睛说，就算有一天要分开，也要好好地分开，对不对？就算要分开，也要好好地分开，一丁点儿都不要难为那个你爱过的人。

于是，三年后，我走到你面前说，咱们聊一块钱的吧。你放下剧本，咱们开始聊。渐渐地，我们开始抢着替对方说话，帮对方申辩，就像两个在饭馆争着付账的人，脸红脖子粗，说尽了对方的好话，毫无保留地进行了自省。接着，我做出了这个决定。并且，我说服你接受这个决定。

（事后解读：男人回忆美好过去，提到往日的约定：就算要分开，也一丁点儿都不要难为那个你爱过的人，他遵守和她的这个美丽约定。）

有力量相爱，也有力量放手。这样好，各生欢喜。
继续奔跑吧，小仔。

（事后解读：有相爱就有分手，一别两宽，各生欢喜，如你另有所爱，我只有含泪祝福，虽然分手，可我还是希望你过得更好。）

当年林徽因说她爱上另外一个人，梁思成的办法是"你自己选择"，这已经算是男人最高的修养，但在导演前夫那里，不但祝福，而且还扶上马，送你一程。要知道"女人劈腿"在中国的娱乐圈会引发多少惊涛骇浪，恐怕美丽女明星的前程都会因之葬送。导演前夫非但没有这样做，还把分手的责任归结给自己。所谓保护对方，真是做到仁至义尽。一个男人的胸怀全体现其中。在这封信里，没有怨气没有恨意，还有更高意义上对于感情的理解，"我们相爱，我们分开，就是这样。"

小时候，常有姐姐教育我们不要找花心的男人，但是当你稍微有了一点人生常识，你就会发现那种特别不花心的男人并不见得好，而那种比较花心的男人也并不见得不好。反而有时候，找一个情史丰富的人倒成了一件好事，情史丰富的人说明会爱，也有能力爱。

更重要的是，经过情海翻波，他或她更能正视感情中的无常与变幻，对于感情有高于一般人的认识：你看，爱是很好的，爱不动了，分手也是很好的。当我们不得不分开，还得再一次谢谢你给我的美好回忆。嗯，你走好，我也能保重。

创造

Life is a
Sunday morning

如果你有力量，那么我愿你永远睿智犀利，
世事洞若观火；

如果你有爱，那么我愿你永远自带那爱的剧本，
人生路迢迢，艰难险阻，

把剧本系在腰间，内心柔软。
上帝会保佑你。

Chapter 3

**永远活得
兴致勃勃**

NO.1

自带剧本的女人

　　十年前，去香港采访一位著名的美人，当年美到江水倒流，明月浮升。大概因为眼缘好，聊到兴起，她开始信马由缰地说起她的旧男友们。

　　说起来，她的旧男友个个有来头、有名气，有学者、作家、歌手、足球明星、电影明星，当然也有富商，"我的男朋友们都很爱我，到现在我和他们还是好朋友，几乎所有都是无话不谈的好朋友……有人说我是拜金女。

　　"拜托，你知道吗，我这辈子只跟一个商人谈过恋爱，你知道我从来就不喜欢商人。商人相处起来没意思，我也不缺钱。我从来没有为钱谈过恋爱呢，但是他的真诚真的感动到我，我考验了他很久才开始恋情。他也是最爱我的人，和他在一起的三年，是我人生里最快乐的三年……"

说者无心，听者有意，我马上知道她说的是哪一个。伊人的那位前男友可是台湾一个极其富有的商人，亚洲财富榜上的常客，当年那可是轰动一时的新闻呢，都快谈婚论嫁的程度了，后来不知道什么原因分了手。

显然，她没有欲望和我详谈和前男友分手的原因，更乐于谈起的是前男友对她无微不至的宠爱——做那么大生意的男人，偏偏对她那么细心。有一次，她只说了一句想去巴黎了，前男友马上就说那我陪你去吧。两个人去机场，乘私人飞机飞赴法国，看巴黎铁塔，在塞纳河边漫步，去卢浮宫看画……浪漫得要死。

"他现在对我还是很好，我们还是在chat上经常聊天。你看，这是他发给我的短信……这是他昨天发给我的一首歌……"

我看一眼她那镶满粉色闪钻的手机上，那首歌我挺熟，《You're Beautiful》，是英国歌手詹姆斯·布朗特著名的钓马子名曲。

"你说他是不是很有意思，现在还在说爱我，但是我现在不爱他了，我有男朋友了……你知道吗，如果我现在肯接受他，他一定开心死了……"大美人到现在还很美，神情亦像少女。提到这些爱过的男人，她的眼里放着光，包含着无限多甜蜜的回忆。是啊，她现在没有再爱他的必要了，因为她现在找了一个小她十来岁的艺术家做男朋友，爱情依旧甜蜜得要死。我心中叹道，长得漂亮的人确实是自带大杀器的人生赢家呀，瞧人家从十几岁谈恋爱谈到四十几岁，一天也没有缺少过爱情。

过了半个月，采访她的那篇文章见报，我有一个富有的台湾女朋友看了，登时强烈要求千里迢迢给我挂长途八卦大美人，我只好听着。"哎呀，大美人当年可是被我爸爸的一个朋友包养过数年呀。叔叔说大美人生活特别奢侈任性，有一天想起来要去巴黎，就坐着他的私人飞机飞巴黎了。说是下午茶，结果在巴黎买名牌包包，差点把人家的黑卡都刷爆了……"

我面无表情地听完这个故事，不知怎么的，深深地为大美人悲伤起来，原来她心目中念念不忘的几年的爱情，在那个男人的心里仅仅是一场包养。而一次说走就走的浪漫旅行，在男人心里却是一次任性的刷卡行动……

十年了，这样的事情越来越多，同样一件事情，在A心里是这样一件事，在B的嘴里却是那样一件事，而在C的记忆里却又变成了不相干的第三件事，甚至在D的八卦里又变成更离奇古怪的一件事。就像我看的那部电影《罗生门》，所有人的眼里都有一个真相，每一个真相都互不干涉，每个人都在自说自话，说着只属于自己的真相，相信着属于自己的真相。可是真正的真相在哪里呢？没有人知道，或者本来就不存在。

最有趣的是，这些故事里的女主角们说的通常是最美好的那个，她们好像天生有一种自带功能，自带纯美剧本，自带美图，自带PS。在她们那里，我总会听到一个唯美又浪漫的故事。到底她们内心格外美好，还是属于女人的幻觉或者只是一场自我欺骗的错觉呢，腹黑如我，有一度倾向是后者。

不过，一位富有的咖啡店老板娘给了我最大的启发，老板娘叫Cici，是我多年的一位朋友，她身兼世间女子的两大重任，一是白富美，二是傻白甜，说话不过脑子。但她的优点是，别人说什么话她也不过脑子，不生气。尺度之宽让我欣慰，于是便成了朋友。

她的身世也很离奇，她是高干子弟，从小顺风顺水，读了大学，在外贸公司谋了第一桶金。第一任老公巨有钱，后来分手了，还给她留了不少房子和车，所以她只需要开个咖啡店美美地生活就行了。

她后来嫁给一个花心老公，全世界都知道他常常闹出绯闻，他们也曾打得鼻青脸肿，可是居然也相安无事地过了十来年，"我们家金汉啊可爱我了，你看他这次去欧洲，又给我买了全世界唯一一条维多利亚时代的碎花小手绢……"

"哈哈哈……"每当老板娘向我抛出她与这位金汉缠绵的爱情故事和恩爱如昔的宣言时，我一般都笑嘻嘻地听着，不过这一次没忍住，于是不无讽刺地说，"Cici，你说的这个剧本真是太好了，可是我从别的地方听来的剧本好像不一样啊。你们家金汉可是买了好多条旧绢子分头送人啊……"

白富美女老板突然非常正色道："我知道你在说什么，可是我的剧本就是我认为的最真实的剧本，我认为真实的生活就是这样的。金汉是很花心，但他也真是对我很好。你说我自恋也好，你说我错觉也好，这就是存在于我脑子里的真实，我只愿意记得那些美好的东西这有错吗？"

我被强悍的Cici给震住了，是啊，每一个自带剧本的女人也许都是比较心软的那种女人吧。她们既然愿意用最良好的意愿去设想他人，回忆过去，我们又何必戳穿？谁又能充当上帝，谁又能指责她们幼稚。

感情的事注定只有两个人知道，你把它当成恋爱它就是恋爱，你把它当成包养它就是包养。事实是，现在大美人快五十了还美艳如昔，可是那位富商却已老得不成样子。这也许说明一件事：总把事情想得特别腹黑的人其实活得并不愉快，因为他们缺乏把事情往好里想的能力。这种能力有时看起来挺傻，可是人生不就是好坏参半。总把事情往坏里想虽然英明，但未尝不是一种悲哀，因为这意味着一个事实——你可能从来未曾体会过被生活善待的滋味。

从Cici那一次事情起，我改变了毒舌的习惯，对于我的朋友，我现在只有祝福。

如果你有力量，那么我愿你永远睿智犀利，世事洞若观火；

如果你有爱，那么我愿你永远自带那爱的剧本，人生路迢迢，艰难险阻，把剧本系在腰间，内心柔软。

上帝会保佑你。

NO.2
每个女人
都想有一间dream house

少女时代印象最深的一篇课文是台湾女作家李乐薇的《我的空中楼阁》，到现在我还能背得出开头："山如眉黛，小屋恰似眉梢的痣一点。十分清新，十分自然，我的小屋玲珑地立于山脊一个柔和的角度上……"

山中的小屋，早上一拉开白色纱窗，就能看到婆娑的树影，听得到鸟叫——这多么像一个梦。

Dream house，dream house，顾名思义，只有在梦里才能遇到。

没想到在挪威我还真的遇到了，遇到它的过程恍如梦境。

只记得那天吃过中饭正犯困，在迷迷糊糊之中穿过了一间精致的书店（后来才知道是纪念馆），走到一个满是俊俏挺拔绿树的后院，沿着弯弯曲曲的桥道走进树林的深处。很快，我们就走到一间旧旧的蓝门木屋前。

一推开门，立刻有一种不同寻常的味道漫延过来，一切都是旧的，旧的桌子、旧的横条靠垫、旧的沙发、旧的摇椅、旧的铁艺烛台、旧的壁炉……

可是它们又真美啊，那些白色的、上了浆的绣花台布和绣花窗帘，那张擦拭出木纹的线条优美的椭圆形长桌，那些形态各异，放着各种布垫子、毛垫子的温暖的椅子，衬着屋外一天一地的新绿显得格外幽美。坐在屋子里，一抬眼就能看得见窗边轻轻摇动的白色苹果花，还有倏忽来去的肥肥的麻雀……

"天哪，太美了，太女人了，这简直是我的dream house。"我几乎有半小时都处在喃喃自语、十分震慑的状态。到后来才缓过神来，问随行的挪威使馆翻译雯燕，"这是谁的房子啊？"

她淡淡一笑，说这就是之前给你们说过的、1928年就得过诺贝尔文学奖的挪威女作家西格里德·温塞特的故居啊。我这才想起我们此行的目的。我参观过起码几十间作家的故居，可是没有一间像温塞特这一间一样让我倒抽一口凉气，这也太美太舒服了啊。

故居的女馆长给我们讲起这间房子的来历。

原来温塞特是一百年前的文学青年，二十多岁时爱上了一个有妇之夫的画家，大她九岁，而且还是三个孩子的爹。

一百多年以前的欧洲，小三也是备受责难的，两个人费尽千辛万苦结了婚，温塞特一口气生了两个孩子，还要同时照顾老公与前妻的三个孩子（五个孩子里有两个是弱智，画家老公的基因还真有点可疑）。繁重的婚姻生活对任何女人都是压力，更何况对一个花心男人的妻子，更何况她还是一个天生的女作家。

1919年，她大着肚子来到此地，生下了他们的第三个孩子，同时也失去了丈夫。而此时，她已经37岁了。

37岁的女人，带着几个孩子，无依无靠，一般的女人可能早已精神崩溃了，可是温塞特却异常平静地做了一个决定：她决定为自己和孩子们建造一所漂亮坚固的新房子。

这花了她三年的时间。白天，她带着仆人干活，晚上带孩子。当房子建好之后，白天，她做家务；晚上，待孩子睡着之后，就躲进书房写她的历史小说。

她最著名的作品都是在这个时候写出来的，而且风行一时，单靠卖书，她就变得十分富有以及有名。而且，她还是世界上第一个获得诺贝尔文学奖的女作家——想想看，这是一个多么励志的少妇逆袭的故事。

在这座叫"比耶克贝克"的房子里，一边是乡村风格的旧居，另一边是都市风格的公寓。

后者是温塞特功成名就之后，为自己建造的安乐窝，宝蓝竖条纹的沙发，满墙的画还有瓷器，电话与唱片机，还有现代化的厨房与洗手间。这房子就算放到现在，也是纽约式的时髦公寓。

女馆长笑着对我们说："温塞特喜欢舒适豪奢的东西，纽约式的浴缸，纽约式的厨房，就算她没有一张唱片，她也要买一部顶时髦的唱片机。"

我摸着这只现在看上去也异常经典豪绰的唱片机，欣慰不已。我喜欢把自己生活打理得条盘理顺的女作家，因为她们让我看到希望，写作不仅可以解救自己，而且可以带给我们安定舒适的生活。和任何工作一样，我们因为它们而找到了生活的重心与依靠。

因为这座房子，我爱上了温塞特。

我佩服她，也欣赏她，你想想看，九十多年以前，在世界最偏远的一隅，一个孤独的女人在漫长的黑夜里，敲击着打字机，靠自己一双手在这个残酷冰冷的世界里，为自己建立了一座温暖舒适的小小宫殿，这难道不是一件很牛的事吗？

女人一般都很爱她们的房子。

当女人一旦拥有自己的房子，她就会变得无所畏惧，而更有趣的是，仅仅在得到它的过程里，也会收获无限的力量。在那创造自己宫殿的同时，你会拥有更坚强的意志，你会拥有更敏锐的眼光，而且，你也会更信任你自己的力量。

每个女人都想要她的dream house，而得到它最简单的方式也许就像温塞特，无论置于何种境地，哪怕置身废墟，也要平静地把下巴高高地翘起，下定决心——是的，我将亲手为自己建造一座宫殿，哪怕小，但是美，而且只属于我自己。

NO.3

到80岁的时候，
我们结婚吧

到现在，我还会在走路的时候无意识地哼出一句：娃达西诺，那衣哎阔……回过神来，才想起这是《血疑》的主题歌，一部1984年才在中国大陆上演的日本通俗电视连续剧，一直影响着我们的生活、我们的审美，还真是一件值得研究的事。

《血疑》铸就了我们对于少女的审美，对于帅哥的审美，对于高领毛衣的审美，也铸就了我们对父亲的审美。所以当宇津井健（《血疑》中演父亲的演员）去世时，我的心咯噔地响了一下。在我印象里，完美的父亲就是这样的，他沉默寡言，严谨守礼，却几乎承担了生活所有的重量，同时又显得无所不能。而这位完美父亲的去世，扯出他去世当天结婚的消息让我惊异了半天。

宇津井健去世时82岁，也就是说新郎是82岁的新郎，而新娘加濑文惠也够老的，80岁，曾经是名古屋高级俱乐部的老板娘，还出过随笔集，甚至出演过电影。他们俩之所以要结婚，是宇津井健希望加濑文惠能够作为家人主持自己的丧礼，而80岁的加濑文惠则笑着说："这是我经历过的最棒的白色情人节，因为我终于有了一个这么了不起的家人。"

这丧礼上的小小新闻吸引我迅速地将宇津井健做一个深度拼图。年轻时，他是不羁帅哥，宁肯放弃早稻田大学的学业也要去骑马，二十岁出头的时候演过男主角。23岁到33岁他走了十年霉运，电影公司倒闭了，跑到电视台当闲角。1964年，他靠着一部长寿电视剧红了起来，从此成为各种电视剧里"理想的父亲"的扮演者，这其中就包括了上世纪70年代中期的《血疑》。

他一直工作到老，"自律"是这个男人的标签，数十年如一日保持着107cm的胸围，因为这样才能让白色T恤更好看。他家里有15种左右的健身器材，75岁时，他还要每天早晚做300次仰卧起坐。为了保持体重，他从不吃米饭，只吃萝卜泥。他赞美妻子，也对家庭负责。他七十多岁以后开始学着制刀具，每年要制十多把刀，"作为演员已经不能给人们留下什么了，但希望今后至少能留给世人一把看得见、摸得着的刀，那我就心满意足了。"

这样一个近乎完美的男人却在妻子去世的一年后，和俱乐部老板娘开始交往。

杂志上的报道，暗示他俩其实早在四十年前就已相识。常看日本小说的人都明白婚姻平静的已婚男子和银座里的风韵老板娘会有着怎样的感情故事，这大约也是我们常常在世俗生活里见到的那种叫不伦之恋的东西。

在日常生活里，我们之所以异常反感不伦之恋，不仅仅因为它们的发生以伤害他人为基础，最重要的是这种艰难的恋爱里暴露得更多的是人性的贪婪与丑恶，99%的不伦之恋都以冷漠与相互伤害为结束，而不多的几个例外也许只属于宇津井健和加濑文惠这样的男女，他们成熟而自制，智慧而从容，有能力将爱进行到80岁。

真正的爱情也不过如此吧，就算是等到80岁的时候我也想要娶你，而我也想要嫁你——是的，人类都有缺点，感情这种东西，外人真难评述。绝大多数人死于心碎，唯有美好的人性永远在晦暗人海里闪闪发光，虽然稀有，但仍然让人心生敬意。

NO.4

拼布的山口百惠幸福吗

　　2015年的一天，作家止庵在微博上晒出山口百惠最新的拼布作品，作者是改了夫姓的"三浦百惠"，而我们心中那永远的女神已然变成了一个面带微笑的微胖妇女，长相温和富态。作为一个五十多岁的妇人。她已足够对得起她的粉丝，而她的作品更是没话说，又优雅又细致，淡青淡白之间透着一股清新温暖的气息。

　　1980年，才二十出头的百惠放下话筒的那一刹那，已然变成传说中的神话人物，就算是日本的杂志想要拍到她也是难上加难的事。有时狗仔队拍到她一角裙裾，或者倒垃圾的背影，已足够让粉丝们高兴半天了。现在居然可以看到百惠亲手缝制的百衲被，忠实的粉丝看到应该会哭吧，连我这种半拉粉丝看到的第一眼都有一种百感交集的感觉。这个只在娱乐圈努力了八年，却留下无数动人作品的女人，近四十年的家庭生活里，她幸福吗？

前两年，三浦友和出了一本书叫《相性》，大约是目前最能透露她婚姻生活的脚本。只可惜，三浦友和这本书几乎没有温度，提到妻子的文字并不多，他简单又语焉不详地描述了一下他平淡的婚姻生活。说真的，作为一个读者，我看不到他有多少快乐，只看到了一个男人深深的忍耐——可以理解，就连出去野炊都得躲得人群远远的家庭生活会有多少乐趣呢？

三浦友和此生之幸是娶了一个对他恩重如山的好女人，如日中天之际毅然嫁他归隐，对她好、保护她是他终身的义务。谁能料到呢？娶到国民女神的代价，就是他一生都将活在聚光灯下，而且绝不能负她。如若不然，悠悠万众之口，必让他死无葬身之地，这得是多重的心理负担啊。

人人都在疑心百惠嫁错了男人，因为没有百惠的友和像突然失去了魔力的大神，他那俊美无俦的、曾与百惠相映成辉的面孔陡然之间就魅力全无。也许，他原本就是一个普通的男人。他只是一个长得好看的普通男人，有百惠的时候，他是百惠身边的护花使者，一个最合适的配角。没有了百惠，他连配角也不合适了，好像谁和他配戏都不衬，观众不接受。

这真要命，可是他又不会别的，于是他在演艺圈就变得越来越边缘。他坦承他有一度开始酗酒，有一度开始赌博。至于男人最常见的出轨，三浦友和也坦率地说道："我不出轨是为了妻子，这就是我的原则。看见妻子以外的女性，有时也会觉得对方是个有魅力的女人，硬把这种感情压下去是不可能的。但是，我绝对不出轨。"

在三浦友和的描写里，山口百惠几乎一句话也没有说。她是一个沉默的存在，丈夫事业无望也好，酗酒也好，赌博也罢，她都一直在默默操持着家务。那么，山口百惠在这三十多年的婚姻里真的快乐吗？

三浦友和也没有答。

也许山口百惠就是那样决绝的女子吧，她认定的事，就要做到底。她是从那么一个艰难的生活里挣扎出来的传统女人，有过那么不快乐的童年，那么不负责任的父亲，有过那么辛酸求生的少女时代。平静和满的家庭生活是她唯一渴望的吧，类似一种宗教，所以她要不顾一切地实现它，所以她选择了一个特别靠得住特别老实的伴侣，所以她要在21岁繁花似锦之际毅然决然地退出，进入那稳定平静的浩大时光里，"好像没有什么特别的事，我却觉得很幸福。"

幸福是一件多么主观的事，我们没有办法揣测百惠幸不幸福。

可是不管她幸不幸福，我们目力所见的真实就是她在结婚18年后开始学习拼布。1998年，她师从鹫泽玲子，自2002年起她每年都有作品参加日本拼布的展览。

在日本，孩子们长大了的全职太太们都会开始学习一门艺术，这是富有国家太太们的最佳选择。在京都的博物馆、京都当地的年展上你能发现相当一部分是太太们的作品，有模有样，功力十足。拼布是这许多太太爱好中的一种，可以归之为艺术，也可以归之为手工。

拼布是一件需要无尽耐心和耗费时间的事，有点类似绣花，但更需耐心，虽然全无意义，但却足够杀掉虚无，像张爱玲写的，"就这样不停地另生枝节，放恣，不讲理，在不相干的事物上浪费了精力"。

千百年来，无数日本闺中的女性都把它当成是生活中的一项重要内容，就像英国的女性爱绣花，中国的女性爱织布一样。女性千百年来，都有她们度过漫长岁月的好方法。据一个英国的科学家研究说，女性从事类似于编织缝补等工作，极少会患上忧郁症，因为编织缝补会让女性沉醉其中，稳定心绪，而创造的快乐以及物件本身作为礼物的存在，又会让女性沉浸在一种极其愉悦的情绪中。

唯有世上最清闲、幸福的人方才能够领略到这些细节的美好吧，因为时间太多，才愿意在琐碎里找到极大的乐趣。想到那么美丽的山口百惠坐在工作间里，把全部岁月和人生都放在那一块块小碎布里将它们辛辛苦苦缝在一起，就有一点点怅然。必须美满的婚姻是一个巨大的阴凉世界，它是静止的、平缓的、永远的，长得需要一寸一寸拼布来虚度。

不过，幸福不就是过上你想要的生活吗？求仁得仁，是件多么幸福的事，如此说来，百惠当然是幸福的。

NO.5

幸福就是偷着乐

在我小时候，她是最当红的明星，所有最火的电影都是她主演的，那美丽而忧伤的大眼睛曾是一代人心中最优雅的象征。

15年前，我刚刚当上记者时，就打听过怎么样才能采访到她，后来就听一老记者说："你还是死心吧，她特别难采。"那时她已经开始演电视剧了，难道不是联系一下剧组就行了吗？老记者说她才不理剧组，接不接受采访要看她心情，再者人家架子极大，说话又阴阳怪气，老记者就差点被她气死了。"也难怪，过去那么红，是影后。现在只能演婆婆了，心理不平衡就变成这样了。"一个资历更老的记者这样安慰我。

那时，和她同期出道的刘姓女星还如日中天，她给人的印象已经是一个不那么红的明星了，她身上最大的标签就是"独身女人"，四川名导的前妻。

再过了几年，我又模模糊糊在一份颇有分量的娱乐报纸上看过一则重磅新闻：说她的亲生父亲是上世纪50年代"中苏友好"时期的一位苏联专家，所以她的身上有一半的俄罗斯血统，而她与导演老公分手固然是因为导演老公的绯闻，也因为她爱上了另外一位导演，此事被导演的妻子在他们所在的电影厂闹得沸沸扬扬，也为她的婚姻埋下了暗雷云云……

但这则重磅新闻却完全没有掀起本应有的狂风暴雨，最终也不见她出来有任何回应，最后当然不了了之，正因为这样，我倒对她生出了几分佩服，到底是经过风浪的巨星啊，有心胸，有气度，也真沉得住气。

再次念起她，还得感谢最近微博上流传的她写的一篇文章，描写她如何替"文革"中自杀的父亲送终，大家都在赞叹她的文笔好。开始我以为是她出新书了，谁知只是摘自她一本写于1994年的自传，于是火速到旧书网上买了一本她写的自传，这下看得我目瞪口呆。

虽然比不上1995年刘晓庆的《我的自白录——从电影明星到亿万富姐儿》坦率，但比起2012年林青霞那本干净得像矿泉水的《窗外》，她的自传可谓痛快淋漓。那可是在1994年那种极为封闭和保守的年代里呀，她也在书里堂而皇之、毫不掩饰地写她的感情生活，不光有和前夫的旧情缠绵，更谈及离婚之后来往的两个男朋友。一个男友叫"H"，几乎不用怎么猜，根据各种情节表述你就知道那是大画家。

她在书里写了她和他不能在一起的原因："我们都太执迷于事业，谁都不会为对方牺牲什么。我们又都太了解事业对彼此的重要，谁也不会要求对方为自己牺牲什么。"而另一位则是待她无微不至的美籍华人，他是表姐介绍给她的朋友，"是一个到处看世界的人。他是我所喜欢的那种男人，温文，沉着，懂得很多东西，但并不夸夸其谈。这种男人会让人觉得有力量，可依靠。"

来往五年之后，她写道："我可以毫不避讳地承认我们是情人，不是男朋友，不是预备丈夫，就是完完全全的情人。"为什么不结婚呢，"今天的我比任何一个时候都更能把握自己，我既不需要去做男人世界里的太阳，也不需要去做他们的点缀，但我必须有自己。"

这句文艺得有点绕的话，如果翻译成大白话就是：当时的她很满意自己的生活，她不再愿意改变，而成为某位成功男人的太太显然不如做主宰自己生活和命运的女王来得爽。

1994年到现在，二十多年过去了，她依然活跃在银屏上，私生活却绝迹于耳。我的一位上海文化圈朋友说住在上海的演员都熟，只有她不熟，她不大接受采访也不大露面，很神秘很难找着。

可是如果你真的够细心够关心她，你还是能在网络上看到她繁忙的足迹，她一会儿在拍戏，一会儿在购物，一会儿在成都会前夫，一会儿又在和人谈戏。许多死忠粉丝争着和她合影，这其中包括现下当红的女明星……她依然很忙很忙，她有自己的朋友圈，旧同学圈，亲友圈，追求者，而且，多么的自由……

记得当年一位男作家就曾经当众向她表白："我爱你！我知道你不会接受我的这份感情，但我也不会让你去爱上别人……"她原来一直生活在爱护她的朋友圈里，在这些聚会上她打扮时髦，笑容甜蜜，像个小女孩，依然是他们的小公主……

这真让我大吃一惊，我们常常以一个女人婚否来判断一个女人是否过得幸福，谁都以为在戏里常演刻薄尖酸恶婆婆的她，现在一定过得极为悲惨孤独。可是你只要认真地看一看、听一听，你就会发现她过得相当惬意。有朋友，有事业，有爱好，有当年遍及中国大陆的影响力播下的行业声誉和敬重，她比大部分60岁的中国女人活得精彩、富足、自由和任性。

为了证实我的判断，我最后终于找到了一位和她拐弯抹角相识过的人士："你觉得她现在过得快乐吗？"

她瞪大眼睛用上海话说："不晓得多开心呢。"

"她不是很高冷吗？"

"冷个鬼啊，她和你不熟吧。她要是喜欢你，和你熟悉了，她就是地道上海小女人，各种撒娇，各种上海菜。嗲嗲的上海话一说，浓浓的花雕一喝，看不把你的三魂喝掉两魄……"所以，在这番调查之后，我的心里又惭愧又安慰。真的要检讨一下自己的偏见，为什么会觉得独身到老的女人就一定活得不开心呢？这不开心到底是事主说的，还是群众自己猜想的？为什么我们一早就有预设呢？这是一个值得思考的问题。

是啊，我们总是用自己的方式在设想着别人的生活。

真正的生活是怎么样，只有当事人才知道。

用你那点可怜的生活标准去看别人的生活还说三道四时，还真是挺可笑的。真的，最幸福的生活都不是活给别人看的，最幸福的生活就是自己过着自己想要的生活，自己满意偷着乐……

NO.6

像美雪一样去爱

　　她是一个才女，有一个特别美的名字，叫美雪。

　　中国人知道她，大约是因为有许多我们耳熟能详的流行歌都翻唱自她，《漫步人生路》《容易受伤的女人》《伤心太平洋》……有人说她一个人养活了大半个华语乐坛，这当然有点夸张，但她确实有七十多首歌被翻唱过来，流行音乐界的祖师奶奶是当得起的。

　　祖师奶奶看上去一直都不老，这大约要归功于日本女性懂得保养，她们对于美，对于优雅有一种近乎虔诚的信仰。而美雪最奇怪的是，她年轻时反而没有年老时那么美，年轻时她有些硬朗，有些僵，反而是老了有一种更从容、更淡定的风姿。这世上，就是有这样一些女人，老了比年轻时美，那是时光把钢锻成了绢子，细致柔软又有光华。

　　有段时间网上传过一个她的视频，是1995年她和"日本民谣之父"吉田拓郎的合唱，有人说他们俩曾经是恋人。传说美雪年轻时非常迷恋拓郎，穿着迷你裙去他演唱会后台探班。当然，两人没有成。拓郎结过三次婚，没有一次新娘叫"美雪"，而美雪对此事的评价是"因为我太笨了"。

成年男女，感情亦真亦假，所谓暧昧，也就是彼此试探、周旋，谈不上爱得深不深，就是时候对不对而已。但总之两人已双双升级为大神的时候，49岁的拓郎约美雪吃饭，叹道他已经写不出从前像《加油》那样元气满满的歌了，要美雪帮他写一首，味道要是"没有了梦想，像遗书一样的歌曲"。

于是，美雪给他写了这首《请给我永远的谎言》，这是她为他写的唯一一首歌，按照两人共同的摄影师田村仁的说法，这首歌应该是她写给拓郎的真情告白。

抄录一段歌词：

听说纽约现在正飘着细细的小雪
也不知成田出发的航班是否还来得及
如果一个接一个把所有朋友都借个遍
也绝不至于飞不到你那里去的
只是纽约而已

可是却偏想听永不破灭的谎言，今天仍一如既往，醉在这个城市
想听永远不破灭的谎言，想听"两个人的旅程现在仍还在继续着"
你啊，我要你说永不破灭的谎言，不管到何时都不要揭穿背后的
真相

我要你永不破灭的谎言，要你说"一切都是因为爱"

……

就算是反反复复地追问你"为什么"，也请一定要甩开它，就像
风一样潇洒

因为人总是希望能听到自己想要听的回答，不得到自己心中的答
案便难以罢休

你啊，我要你说永不破灭的谎言，不管到何时都不要揭穿背后的
真相

我要你永不破灭的谎言，"没有什么缘分是值得后悔的"，我要
你这样笑着说

你啊，我要你说永不破灭的谎言，不管到何时都不要揭穿背后的
真相

我要你永不破灭的谎言，"没有什么缘分是值得后悔的"，我要
你这样笑着说

据说拓郎拿到这首歌时非常吃惊，他在演唱会上当众表达了他的
疑惑："不知道为什么要写这样的歌给我，我不是完全明白里面想说
什么……"

是啊，对于情感过于细腻的女人，直男仿佛永远不知道她们想要
表达什么。在我看来，那大概是一个曾经爱过他的女人的独白：嗯，
和真相相比，我更爱你对我说一段谎言，因为如果还有谎言，就证明
我们曾经有过的纠缠仍有意义……这也许就是女人对未能实现的爱情
的看法，像遗书一样绝望，但既然写了遗书，这绝望就是可以接受的
绝望，所以才能如此安然且明朗。

2006年，当年爱过的男人已经60岁了，还在唱，可是写不出歌来了；当年爱着他的女人已经54岁，终身未婚，依然在唱，依然在写，依然像少女一样充满对这个世界的好奇和羞怯。在这样一个时刻，突然觉得生为一个女人是多么骄傲。

她依然像一个少女，笑容羞涩，皮肤晶莹，在台上的态度又害羞又坚定，好像跟这世界有着某种距离，但同时又是很客气的，很矜持的热情，像一团隔着玻璃罩子的火。多少女人在经历过男女之间那令人黯然销魂的恩怨旧情之后，似乎都苍老了，她们被伤害被损耗被离弃，而美雪则不，她似乎从未被这世界伤害，损耗，离弃。

从头到尾，她都在冷冷地审视着这个世界，这审视里有淡淡的感伤，也有"请一定要活下去"的勇气……

也许，美雪从头到尾就是她笔下那个骑着银龙的少女。

在那青灰色的大海彼方
有人正在忍受痛苦
如同尚不能飞的幼雏
我哀叹自己的力薄无能
悲伤啊，快快变成翅膀
伤痕啊，快快成为罗盘
如同尚不能飞的幼雏

我哀叹自己的力薄无能
昨日我徒然颤抖的期待
直到梦想向我敞开
明天我将前往巨龙的脚下

攀上山崖呼喊道，嘿，走吧

骑上银龙的背脊

去吧，前往生命的荒漠

骑上银龙的背脊

去吧，穿过云雨的旋涡

即使一再失去，一无所有

"当女神从黑暗中走来，我已泪眼模糊。"有人这样写道。文学女青年之所以泪眼模糊视中岛美雪为大神，无外乎她实现了一个文学女青年所能实现的极致：白，瘦，美，汹涌不竭的创作力。她是四十余年以来、日本唯一横跨四个年代得过单曲榜冠军的歌手，也是被华人歌手翻唱得最多的创作人……

当然更有她贯穿一世泰然自若的生活能力。她终身未婚，生活极其低调，自己上街买菜，独力扶养母亲，创作舞台剧，多少年仍然是最受欢迎的创作人。

她拥有大她五岁的制作人濑尾一三给她的最无微不至的照顾，从事业到心灵。在他们的关系里面，美雪是男人，而濑尾是女人——她一直是众人的女神，永远的女神，人们敬重她，从不去骚扰她。据说私下的她开朗又"毒舌"，任性好玩，深夜喝酒，坦然写诗，不顾众人反对，穿兔子衣出席公开活动……

怎么说呢？她简直就是单身女性隐秘的女神，在急剧变化的东方社会，在迷茫的都市单身女性面前，在激烈的传统与现实的冲突中所展现的残酷之中，美雪那样的人生无疑像一个标杆，意味着单身女性，有才华、有勇气的单身女性也拥有让自己活得自由、强大的可能性。

很年轻的时候，美雪说声乐老师曾经纠正过她的唱法，但她微笑着对老师说："我愿意留下那一点点缺陷，因为那才是美雪呀。"

是的，没有完美的生活，但有真实的自我。

接纳自我，像美雪一样活着。

成长

Life is a
Sunday morning

有勇气开始新的但危机重重的人生，

主动选择生活，
而不是被生活选择，

也许就是这些女人与平凡人最不一样的地方。

Chapter 4

没有搏杀过的温柔，
终究是天真

NO.1
普通男女能够让
婚姻达到金婚的秘籍

十来年前，我最喜欢台湾歌星赵咏华的一首歌，当然，我身边几乎所有的女同学都喜欢，那首歌叫《最浪漫的事》，歌词是这样的：

> 我能想到最浪漫的事
>
> 就是和你一起慢慢变老
>
> 一路上收藏点点滴滴的欢笑
>
> 留到以后坐着摇椅慢慢聊
>
> 我能想到最浪漫的事
>
> 就是和你一起慢慢变老
>
> 直到我们老得哪儿也去不了
>
> 你还依然把我当成手心里的宝

因为这首歌的强大感召力，我的一个朋友和男友散步时，在路边看到一对白发苍苍的夫妇携手走过，突然间泪流满面。男朋友觉得莫名其妙，大尴尬尬，这大概因为男人们还真不能了解女人对于"直到我们老得哪儿也去不了，你还依然把我当成手心里的宝……"的感动。

女人对"执子之手，与子偕老"这个事情的兴趣之大超过任何想象。有一段时间，中国的电视屏幕上，流行讲一对夫妻白头到老的电视剧，唠唠叨叨50集，既反映时代变迁，女性观众又喜欢看，收视又高，经济效益又好。

有一年，有"中国第一少妇"之称的她借一部长剧重又登上了事业顶峰。说起这位漂亮的第一少妇，也真是让人感慨，眉目温柔清丽，不用上妆，绝对是最好看的媳妇。她的长相没有太年轻过，但永远也不老。

在各种各样的戏里，她是男人心目中最完美的妻子，儿子最好的母亲。就算在现实生活里，她也是女人心目中最巅峰的样板——嫁有才华的男子，生漂亮的儿子，自己也上得厅堂下得厨房，相夫教子，里里外外一把手，戏里戏外都堪称楷模。

记者们采访她的提纲里，例必有一段是请她传授夫妻相处之道的。四十几岁的时候，她深有感触地说："两个人在一起，最艰难的时候就是中年。生活和工作的压力都很大，彼此也都有了疲惫的感觉，相互之间的浪漫也少了很多，但是只要度过这段时间，'白头到老'的美丽生活就会到来。"

至于如何度过艰难的中年到达"白头到老"的美丽生活，这绝密的金婚秘籍，如果你够细心，戏里戏外也都有示范：比如她的戏里老公是个知识分子，有心灵伴侣，情投意合，但最终在老婆的极力隐忍之下，发乎情止乎礼；戏外，她生活里的老公也有一个绯闻女友，美得柔软无骨，但她无论何时何地，都无限信任老公，大度地与老公绯闻女友把臂同行，以行动辟谣。

戏里，她也有仰慕者备胎随时恭候；戏外，她也有众多裙下之臣，剧组里秘闻不断；戏里，她演的好老婆把鱼交给狼狈而去的老公，轻睽了一眼对手，话中有话地敲打她："您可不行，带鱼沾满手腥，一个星期都洗不掉，这日子啊就是真刀实枪地干，耍嘴皮子可不行……"戏外，她增肥30斤去演老公的戏，支持老公事业，老公亦识趣地剪去绯闻女友的戏份，她还是唯一女主角……

两个普通男女能让婚姻到达金婚的秘籍是什么？有人说是妥协。

我倒觉得答案应该反过来，那就是绝不妥协。

像《纸牌屋》里的安德伍德夫妇，你有你的外遇，我有我的出轨，你有你的悲惨童年，我有我的冰冷母亲。但是在三丨多年的婚姻里，大家都弄明白了婚姻的意义所在。

婚姻不全是爱情，也不全是利益。

婚姻是一个团队，是一个组合，是一对枪林弹雨里的生死拍档，是现实主义者左右衡量之后最后的选择，最现实的体谅。

但凡意志软弱一点的人谁能顶得下来，这是意志、体力、精神全方面的考验。

在金婚这块金光闪闪的牌匾后头有无边的礁石险滩，它们分别叫柴、米、油、盐、酱、醋、茶，孩子、尿片、奶瓶，公公、婆婆，工资、奖金，诱惑、出轨、第二春、第三者，岁月蹉跎、审美疲劳……看似平常，其实难行。它需要技巧，需要恒心，需要手段，需要惊人的毅力，需要含辛茹苦打碎牙齿和血吞，需要"真刀实枪地干"！

需要那个人（一般是女人），有着不认命不认输的偏执，明知其不可为而为之的虚妄，更需要历劫千遍、禅心不悔的顽强。

最白的粉饼里往往掺杂着致命的铅。

最宁静最淡泊的金婚后面是"真刀实枪地干"！

最浪漫的事往往最不浪漫。

NO.2

第一美女的落寞黄昏

人生无常，有台港第一美女之称的她在一个衣香鬓影的场合，突然宣布与台湾富商缠绵八年的往事结束：她离婚了。

此举轰动社交界，因为重点是在这八年里，她从来没有宣布过与富商的婚讯。人们总能在杂志上看到她和富商吃饭的消息，但她从来不认。刚好那些年她也不太出来工作了，所以大家也没有机会问。

她的生活看起来和一般的阔太没什么两样，就是炒炒股，买买东西，健健身。大部分的人都羡慕她，哪怕没有和富商的婚姻，她也是安定富足的，更何况又稳定地有了男友，这对一个熟龄美女来说，当然是锦上添花的事情。

谁也没有想到她居然和富商暗地里结婚了，如果没有记错，这是她的第二次婚姻。

三十多年前，18岁的她也曾闪电嫁给香港一个富商，富商的名声之坏，导致也是名演员的她的父亲气得要自杀。好在，这段露水姻缘仅维持了几个月，感情淡漠到她自嘲说因为时间太短，连前夫的样子都忘记了。那时候的她，如一朵花儿刚刚盛开，美得沉鱼落雁，她的头号大粉丝叫刘德华，一生一世都承认她是他心中的第一美女。

正宗满族血统，两大明星的基因造就了她纯天然且惊人的美。从20岁到40岁，她像一辆漂亮的哈雷一样横扫香港上流社会。30岁之前的绯闻对象一水儿是名流，从二世祖银行家到富商到巨星，个个都是响当当的角色。35岁，她经济自由之后，绯闻对象多了一个类别——小鲜肉，有的小她8岁，有的小她17岁。说起来，也算是调教小鲜肉的女性先驱呢。

前二十年，她的恋爱事件例必会闹得街知巷闻，因为来往的对象基本都是已婚男士，太太最强力的反击通常是在报纸上大撕特撕。但她例必云淡风轻，一句两句回应点到为止，你们说你们的，我做我的。

而这一次与台湾富商的离婚，淡定小姐却罕见地开始指责起与老公一起爬山的老友，公开责问："他们有想过别人的感受吗？"这还真有点三十年河东、三十年河西的味道，足见这次婚变伤筋动骨，大美人也方寸已乱。也可以理解，半辈子情场征战，觅得老帅哥还身家过百亿，想必真是一心一意想与子偕老终老。

这段情从一开始，她就用尽心力，洗尽铅华不说，更公开退居幕后，而且为了让台湾富商高兴（据说陈的前妻和一双儿女都痛恨关插足婚姻），一直保持隐婚的状态。一句"不是分手是离婚"，后面隐藏多少委屈：大半生情场所向披靡，老娘何尝如此做小伏低过。

分手的原因，港媒曝出是生活细节不合。也难怪，富商先生虽然是做电容器起家的富商，但却是个文化人，1976年就开始收画，专好收藏瓷器，曾砸下3300万美元买下弗朗西斯·培根的自画小像。可是她从小生活动荡，高中都没有毕业。除了美美地演戏，几十年里她最擅长的事情可能就是调情与恋爱，这样的技能，在恋爱阶段可能行得通，可是要跟一个经历复杂的老男人一起生活就真不够用。

如果是我，我爬山时也爱找她的闺蜜陪，看着赏心悦目之余，也有共同话题。她的闺蜜现在也混收藏界，说起安迪·沃霍尔、赛·托姆布雷以及格哈德·里希特如数家珍，再加上自己做生意，见多识广，远比只懂买衫扮靓的美女有趣得多。

宣布离婚时，昔日的第一美女穿着昂贵的银灰裙装，53岁的她依然高贵又美丽，但眼神里却是掩不住的焦虑。她不明白自己做错了什么。从40岁之后，她就再也不需要为钱谈恋爱，有人说这是她早年抢人老公的报应，可当年她根本不需要抢人老公好吗？都是人家老公扑上来。也许吧，她的悲哀不在于她抢了多少男人，而在于她真心实意接受了男性社会教给漂亮女人的那套价值观：男人是一切资源的根本，搞定了男人就搞定了一切。

年轻美艳时纵横江湖收集获取最多的资本支持，年长时带得无价宝嫁给有情郎，这是男性社会给美女们划定的完美人生路线。这一类女性在上流社会常常极有市场，人们称之为专业"红知"（红颜知己的简称）。传统的"红知"的技能只需美丽、温柔、风情万种。她当然绝对合格，而且是"红知"里的战斗机，只是她没有想清楚的是，她对于陈富商的存在早已脱离了"红知"的范畴，而进入"贤妻"的范畴。

这时美丽、温柔、风情万种这些优点就退居其次了，宽容、有担待、有知识、有智识以及人性的丰富和有趣，才是维持一段长期亲密关系所要学习的新技能。只可惜，她没有想到，或者说她想到了，却不愿意再学。在活到老学到老这件事上，她还真和她的闺蜜差得不是一星半点。

看到昔日的第一美女宣布离婚时强颜欢笑，作为一个港片迷，讲真，还真是有一点点伤感呢。这年头，就算是顶级美女也不好混哪。当"红知"难，当"贤妻"更难，而在男性社会里能看破洗脑，成为一个独立而有趣、经济自由之后还能拥有精神自由的女性，还真是难上加难。

NO.3
如果你的人生
分到一手好牌

怎么会把一手好牌打坏了？

消息是，她在房间烧炭自杀，这是很多次自杀中的一次，但与以前不一样的是，这一次她成功了。

该怎样向现在的小孩介绍她呢？该怎么解释那么多大V，如此震动地加以转发呢，这大约要说到她在流行音乐史和集体回忆中所占的微妙位置。

1989年中央电视台播出了一个巨火的音乐节目叫《潮——来自海峡对岸的声音》，一夜之间，几乎所有这个节目里介绍过的歌手都红遍了内地，张雨生、王杰、张清芳、姜育恒……而更令人想不到的是当时在台湾名不见经传的小虎队，也因缘际会成为中国大陆年轻人第一队青春偶像，而她则是借着小虎队红起来的另一队少女组合。

我还记得当年小虎队一夜红遍中国大陆时，中学生们几乎人手一张他们的海报，那上面除了三个帅哥，还有两个女孩。一个脸色忧郁，一个一脸阳光。一脸阳光的是她。

一脸阳光是有原因的，她身世蛮好，客观地说，拿到的真是一手好牌。首先她是一个不折不扣的天然大美女，年轻时长得类似周慧敏和李小璐的混合体。十来岁起就有追求者无数，就算是到了四十多岁生了三个孩子之后，她也是保养得宜、身材超正的辣妈，还是会被初恋男友当众表白：就算这三个女孩摆在一起，我要追的还是你！

其次她是真正的系出名门，曾祖母是晚清重臣左宗棠的重孙女，爷爷是于右任的堂兄弟，国民党退守台湾之后，成为举足轻重的国大代表。父亲是将军，又管物资，退休之后买铺买楼，台中一条街都是她们于家的。她在节目中常常说到小时候家境优越，不讳言连书包都是LV的，二十来岁就开着敞篷跑车满台北转……

拉风是真拉风，但大小姐也真是大小姐。有一次因为公交车霸道，司机仗着车大逼她让道，脾气火暴的她当场就拎着大车锁上了那辆公共汽车，把车前大玻璃砸得粉碎。可是世事就是这样奇怪，如果是壮男干这事一准招人嫌，"富二代炫富砸车"是少不了的标题，但一个美少女这样干，就让人无话可说，后面的乘客还拍手叫："好酷！"

白富美就算暴烈如斯，人生也是要风得风，要雨得雨，很早就如愿结了婚，嫁的还是她心中爱慕的大叔导演。导演是真有才华，上世纪90年代最负盛名的几部电视剧都出自他手，婚后生下一儿一女，人还是一枝花。看上去，她得到的是美满到不能再美满的人生，只可惜命运总归不能十全十美，最多十全九美。导演花心，"十年劈腿八次"，竟然也向老婆表白："你是我的唯一，但我真是爱她。"

　　这在旧式妇女，忍也就忍了，但哪里是她这样心高气傲的烈女能容得下的。她公开在报纸上喊话，羞辱那与她老公睡觉的闺蜜，强令老公回来离婚。闹得风风雨雨，总算结束了第一段婚姻。

　　离婚后不出两三年，仍旧美丽的她又觅得帅哥老公，再生下一个女儿，但这段婚姻也在四五年之后告终。据说是因为财务问题，好胜的她越来越消沉。演艺圈跟红顶白，她只能在各种综艺节目里露露脸。半红不红的综艺咖并不见快乐，遂渐露出重度抑郁的痕迹。是啊，她那么美，又那么顺。

　　最重要的是，她并没有做错什么，为什么命运如此薄待她？才四十不到的她对于人生对于爱情对于男人彻底地灰心了。有记者问她可还有再婚打算？她的回答是饱经沧桑的一句话："我结两次离两次，有三个小孩、两只狗、一只猫，也够了吧！"

　　最后的最后，她选择了自杀。

　　在势利的人眼里，她把一手好牌打输了，属于no zuo no die（不作死不会死）的典型，但有谁能保证拿到好牌后的每一个人都能成为人生赢家。有时拿到太好的牌可能真不是一件好事，太顺的境遇会让我们失去面对心碎的能力——这也是人生最残酷的那一面。作为人，你总免不了要心碎、失恋、丧亲、离婚、事业沉寂……

　　每一个人都要遇到，每一个人都逃不掉，也许正是心碎后的选择塑造了不同的人生，有人选择愈合，有人选择放弃。是心碎把人类进行区分，让顽强者更有力，也让孱弱者更迷茫——只能说，很不幸，她不是我们中最强健的类型。

NO.4

主动选择生活，
而不是被生活选择

　　当记者有很多好处，就是你会比一般人有更多机会见到名人，你会遇到一些让你觉得莫名其妙的小细节。这些细节对你写稿未必有什么用，但是隔了很多年再回去看，当时觉得莫名其妙的事情，事过境迁之后，水落石出，才觉得发生在他身上最自然不过。草蛇灰线，你突然电光火石一般串起那些往事，你会恍然大悟某些故事。这些故事无法证实，却令你有一种属于马普尔小姐的快乐。

　　记得很多年前有一件小事，摄影记者去北京参加发布会，回来跟我嘀咕，女主角，那位红得不得了的名伶在发布会上突然一言不发，珠泪滚滚，把所有人都吓呆了。导演赶紧帮忙解释说这是因为女主角今天看了剧本，感人至深，所以还在流泪……

　　我当时一愣，心想一定是同她眼中那宇宙第一好的男友闹脾气了。果然，事隔半年之后，两个人就宣布分手。而过了几年，女伶接受采访，隐约提到男人劈腿自己伤心欲绝，我算了一下时间，应该那天就是被分手的节点。

另外一件事是采访当红小生，当时他刚刚结束麻烦的离婚案，本来按理应该心事重重。但采访的时候他神情轻松，谈及爱情更是嘴角含春，完全处于一种恋爱中的、极度快乐的飘飘然中。当时心想，小生一定是在恋爱里吧，而且一定是一个大号的爱情，要不然他不可能这样快乐。（所谓"大号的爱情"是指人一生当中对自己影响深远的爱情，语出专栏作家小宝，"男人需要一个成熟的女人教会他生活，只有享受了大号的爱情，男人的生活才算真正开始"。）

剩下的问题是，是绯闻里的那个小模特吗？是曾有传言的那个美女经纪人吗？还是当年他热恋过的御姐呢？御姐我也超喜欢，要是御姐就好了。可惜的是，御姐已结婚多年，怎么可能呢……我为这个问题心神不定了一整个采访。

大约过了一年之后，我就听说御姐离婚了，再过了半年，狗仔队就拍到了他和这位大号爱情女主角复合的消息。虽然没有什么证据，但我一直单方面地想，当时能令他如此快乐的，应该就只有她了吧。

当然，最令我觉得有意思的还是一个玉女明星。有一年，圈中突然出现了一位玉女明星，这位明星又唱歌又演戏，一时之间，报纸媒体上全是她，全国的媒体都在采访她。我所在的时尚杂志也拿她做了封面，她所在的公司在全力捧她。

而最有趣的是，她那个大洒金钱的公司只有她一个女艺人——也就是说，成立这个公司就是为了她，这通常是背后有人的缘故。当时看稿子的时候，已然觉得采访里这姑娘有点怪怪的。在记者笔下的这位玉女女明星是羞涩而自闭的，而且有一种强烈的对抗感，"阳光穿过大玻璃直射向北，像审讯室里的100瓦电灯泡。和她在这灯光里坐着，或者说更像对峙"。

按理说，刚出道的明星是很配合采访的。如果有对峙感，只说明一点，她是一个有秘密要保守的人。她害怕记者刺探，她也害怕自己无意当中泄露，所以会特别紧张，也会在有意无意之中把记者当成了假想敌。

这当然不是最古怪的，最古怪的是她爆红的时间相当短，很快她就离奇地从这个圈子里失踪了，我想可能是背后捧她的人撤资了吧。

然后又过了很多年，有一天看到报纸上豆大的标题：××女星惊爆奇情。原来她三年之前离婚了，离婚的对象是原来捧她的那个公司的老板。而为什么此时才爆出这则新闻，只因为这个老板现在涉及一件麻烦的经济案官司，跑路了，她为了划清界线才说出已离婚三年的事实……

当然，扯出萝卜带出泥，也把玉女明星的前尘往事带出来，原来她与这位老板的婚姻也不是第一次。她爆红之前就结过一次婚，而现在女儿已然很大了。也就是说当年她刚刚出道做新人的时候，已经结过婚生过了一个孩子，而且当时的年纪也不小了。

难怪当时她极不愿意说年龄——这时，你找出多年前的稿子，突然有很多谜团就豁然开朗了，原来当时记者的感觉一点也没有错，一个感觉一点也不像新人的玉女明星。她没有一点新人做派并不是天赋异禀，原来是人家早就经历过风雨了。

这个时候，你再去读当年的那篇你觉得索然无味的文章，你就会琢磨出许多新味来，比如当年的她说："家庭不止是男女爱情关系，还有一个母亲、父亲和孩子的亲情，女人只有做了母亲，才会了解自己更多。一个母亲对孩子的爱，没有理由，又特别绝对。你甚至自己都不明白，怎么会这样无私地爱另外一个生命。"有意思的是，她又补充了一句说，她是从妈妈那儿清楚地看到这一切的——是为了避嫌吧。

之后她一直不算很红，可能，如现在报纸上所说的，"因为她太爱自己的女儿"。再后来她出现在一档电视访谈节目里时，她已然又嫁人了，还生了一个女儿。于是，她的踪迹就这么捋清了。她是一个天生一副好嗓子的美女，和所有小地方的美女一样，先是经历了一场懵懂的恋爱，嫁给当地一个土豪，18岁就结婚生孩子，然后觉得婚姻无趣，断然离婚，之后去了海南，跟着赏识她的人来到北京。

从一个戏曲女演员成为万众北漂中的一员，喜欢她的老板是真爱她吧，花那么多钱捧她。但自始至终她也不了解她的老板，搞不清他的来路，稀里糊涂中又开始新的寻觅。好在，她运气很好，据说现在嫁的那个略有点霸气的男人应该就是最适合她这种柔软女生的吧，她在电视里说："老天爷怎么会把这么好的男人派给我。"——哎，自我价值感不强的女生哎。

她的故事好像亦舒的一本小说，叫《她比烟花寂寞》，说的也是类似的故事。女明星姚晶很年轻的时候嫁给一个殷实老富商，生过一个孩子。可是她还没有长成，怎么就甘于那么无聊平淡的婚姻生活。于是她隐姓埋名，从头开始，进训练班当女明星拍电影。万花丛中过，片叶不沾身，心心念念嫁给了一个风流倜傥的二世祖。

人人都以为她过上了幸福的生活，但她去世之后，人们才发现二世祖其实没有钱，全靠她生活。当二世祖劈腿，她伤心而死，离去时只留下一屋子如烟似雾的美衣华服……

　　每次看到这样的故事，总会升起一个念头，她们为什么不肯安于之前那段无聊却安稳的生活呢？如果肯的话，不就一世无忧吗（其实也不是一世无忧，多少当初以为自己下嫁的美女到中年之后才发现自己嫁错人，只是她们郁郁一生谁会记得她们呢）？

　　但是，如果她们肯的话，她们就不会成为报纸或者小说里的女主角了吧？也许正是因为她们和世界上90％的女人不一样，她们才有可能成为报纸上或者小说里的主人公吧。

　　也许会惨烈，但总比无聊好吧。有勇气开始新的但危机重重的人生，主动选择生活，而不是被生活选择，这也许就是这些女人与平凡人最不一样的地方。

　　伟大的马尔克斯有一句名言：Life is not measured by the number of breaths we take, but by the moments that take our breath away。真的，生活不是那些我们可以苟延残喘，可以出气的日子，而是那些让我们快乐到窒息的时刻。寂寞是注定的，孤独是最后的，但只有我们的回忆里拥有那些闪闪发亮的时刻，我们的一生才不算白过。

NO.5

独身到老的女人

　　"如果你要成为你自己，特别是女人，那是很难的，需要付出一些代价……"

　　月亮姐姐顿了顿，又用她蒙眬的眼睛瞄了我一眼，接下去说："这种代价多半是心理层面的，比如你们就觉得我过得很惨。"

　　她意味复杂地一笑，又给我抛了一个略有媚态的眼风。

　　我一下子就慌了，赶紧说："没有，没有。"

　　月亮姐姐摇摇手，说："没关系，我不在乎，因为我过得确实还蛮不惨的，哈哈哈哈。"

　　月亮姐姐是我认识的第一位建筑史教授，在专业领域有着如雷贯耳的名字。我采访她之前听到的都是红颜薄命的故事，大意现在是单身，一生为情所伤，孤独半生，孤高无比，等闲之辈不得靠近。据说她前夫是一个温州地产富商，后来很快结束婚姻，留下了一个孩子，但几乎也没什么人见过。

"她有什么好采访的？"中间人是我一个朋友，她和月亮姐姐也就是淡淡数面之交，她很为难，劝我知难而退，"她不会跟你说她的故事的……"

但我还是坚持，"说不说是其次，最重要的是有一次和她聊天的机会。"

"为什么你非要采访她呢？"

"可能因为她是我见过的最有气质、最漂亮的女性吧！"我笑着说，这当然是原因之一。作为一个外貌协会成员，我喜欢一切长得漂亮的人。另一个原因，其实我没有和我朋友说，因为从一个特别拐弯抹角的关系里听到了月亮姐姐的另外一个故事，她曾经是一位著名建筑师"当红炸子鸡"的前女友。这位当红炸子鸡的一幢楼现在在纽约红得不得了，设计费有价有市，她是他的初恋女友。

两人谈过一场超过十年的恋爱，从进大学的第一天开始，一直延续到他薄有名气之际。人人都以为他们是一定要结婚的，甚至他们自己也这么认为，但分手竟然在一宿之间发生，原因也只是一碗面。俩人一起做建模，做到凌晨两三点，筋疲力尽。然后薄有名气的当红炸子鸡就说："我累死了，亲爱的，帮我煮碗面吧……"

月亮姐姐回答他说："我也好累，我不想煮，不如我们一起出去吃吧……"

当时他们住在下渡路，其实多晚都开着夜宵店的，只是就这么一句话，当红炸子鸡起身就走了，两个人就这么莫名其妙完了。后来他对朋友说："如果一个女人在你快要累死的情况下，连一碗面都不肯帮你煮，那这段关系就完了……"

　　据说，后来当红炸子鸡找了一个特别会做饭的老婆，这倒也是得其所愿。老婆不懂建筑，不用去工地，不会累得成狗一样。所以任何时候，他要女人下一碗面，她必定是肯的。

　　这是多么中国男人的故事啊。"两个人都没有错，但他要的我给不了，散了也是应该的，时候到了。"月亮姐姐说起这位前男友，很谨慎，但也没有我朋友想的那么刻板。我们坐在她的工作室里聊天，倒是什么都可以聊。她很放松，她的工作室在湖边，远远可以看见对岸的金边柳。对于往事，她有一种天然的散淡，怎么形容这种散淡呢？她拿了一本港版的《小团圆》，翻到第78页，我发现那上面有一段字下面画了线：

　　她向来不去回想过去的事。
　　回忆不管是愉快还是不愉快的，都有一种悲哀，虽然淡，
　　她怕那滋味。
　　她从来不自找伤感，现实生活中有的是，不可避免的。
　　但是光就这么想了想，就像站在个古建筑物的门口往里张了张，
　　在月光与黑影中断瓦颓垣千门万户，一瞥间已经知道都在那里。

　　"张爱玲写得真好，我倒不是怕回忆往事，就是不想自找伤感，找理由给自己自恋。"月亮姐姐笑着对我说，我知道她话里的意思，于是就放弃了关于往事的探究，开始东拉西扯。和有意思的女人聊天很有意思，更何况她那种像凤凰一样卓尔不群的女人。人群里只要有她，你绝对第一眼就能看到她，然后眼光就不能移开了。她已经四十多岁了，

可是就像西山上慢慢升起的月亮，满脸散发出迷蒙而动人的光芒。

我之所以暗地里给她取名叫月亮姐姐，不光因为她的名字有一个月字，也因为她脸如满月，眉目如盛唐仕女。胡兰成说张爱玲正大仙容，这四个字用来形容月亮姐姐真是太合适不过，你坐到她身边就能感觉到一种独属于女性的温柔，又典雅又轻松。

和月亮姐姐聊完天回来，天上正好有月亮。走出来的时候，认真地检讨了一下自己，我原来是带着一种怜惜来采访她的，总觉得她会给我说一个遇人不淑的故事，可是人家压根没觉得这是个故事。

过去的一切都过去了，是可惜，但从不后悔。这才是真正活出自己的人，如果我是她，我也没有伤感。她有不老的容颜，有奔涌不息的才华，有越秀山边180平方米的大房子，有她从世界各地收集回来的美好的小东西，她的印度软垫，她的北欧台灯，她的唐代瓦片，她的日本纸镇，她的书，她的艺术计划，她的学生，她的朋友……

更重要的是，她有她自己的情感，她有一个很听话、很懂事的儿子，现在在国外读书；她也有一个很默契很温暖的小情人，比她小了八岁，是个雕塑家，来往好多年了。

这个秘密是我和她来往一年以后才知道的，她介绍我们认识。我问他们为什么不结婚，月亮姐姐笑着说："我可不想当一个艺术家太太。我是我，他是他，我不愿意去做他世界里的月亮，他也做不了我世界里的太阳。我们就像两个太阳，各自照耀自己的世界吧，他也理解我的。"

我回去想了半天，可不是吗，我见过的艺术家太太有几个是幸福的呢，如果不装聋作哑的话？她们最常见的命运是保姆。如果你不跟他们相熟，你压根就不知道她原来竟是他的妻子。

她们通常不喜欢和外界来往，只和其他太太来往，顺便埋怨一下那些随时涌上来试图和她们抢老公的年轻姑娘们。是的，那些姑娘们完全不知道要成为艺术家太太所要做的牺牲。你能在一个男人最贫穷的时候就替他刷锅洗碗吗？你能为中国男人堕胎五次吗？你能随时为他奉上烫好的衣服吗？你能放弃自我，一切以一个男人为中心吗？

她们要不然就是江湖遥远的一个影子，不出现，在家带两三个孩子。如果常常出现的那一种，就前前后后替他拍照，替他拿衣，替他拎包，替他打点周围的一切。而通常艺术家都不大会介绍她的身份，她通常只沦为艺术家身后一群女孩子中的一员。

我听过一个最著名的段子是，人家奇怪为什么某著名画家的太太常年出行都随身带着熨衣板和蒸汽熨斗，后来才知道因为他最爱穿一身白，因为他随时有可能上镜，而他又不能容忍自己这一身白上面有任何褶子，所以随身携带熨衣板和熨斗便成为这位太太贤惠的标志。

月亮姐姐不想变成拎着熨衣板的女人，于是她成了传说中的不幸福的女人。这真是一个奇怪的世界，如果你没有嫁给一个成功的男人，如果你没有和别人一样的婚姻，你就被她们归结为不幸的女人。而月亮姐姐说："你想要成为你自己想要成为的女人所付出的代价之一，就是被人认为不幸，是其中的一个代价。"

我记得我第一次和月亮姐姐聊天的最后一个问题，走的时候，我问她："月亮姐姐，你真的快乐吗？"

月亮姐姐想了半天，粲然一笑："嗯，我觉得还行，你觉得呢？"

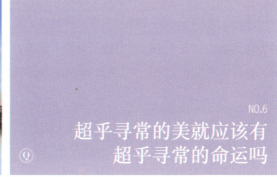

NO.6
超乎寻常的美就应该有
超乎寻常的命运吗

真人秀果然是过气女星最好的翻身节目，如果你还能尽情地表现出你的特别之处，想不红也难。

在一个当红的节目里我再一次见到了她，她穿着她的各种大氅"霸气"登场。说实在的，现在没啥女人敢穿大氅。一是穿大氅实在挑人，全中国也只有那英姐那么彪的女人才敢一尝，可她也不常穿。二来呢，私下说一句，大氅的审美实在有点上世纪90年代风，那不是许文强才穿的吗？但也正是这种遥远的审美把我拉回了遥远的过去。是啊，她确实是上世纪90年代就红了的人呢。

她谈了很多次恋爱，可是最让人记得的那段还是跟影坛大哥。她拍了很多影视剧，可是最让人记得的还是她和大哥拍的那部片子。所以说，有些事，有些人是命定的，有人成名就是早，有人成名就是晚。而她就是那种注定要成名趁早的人，她二十出头就扮演了电影史上一个让人流连忘返的人物。在作家的笔下，她演的是走路都很勾人的性感尤物，"各个关节的扭摆十分富有韵律，走动生风，起伏飘扬的裙裾似在有意撩拨，给人以多情的暗示。她的确天生具有一种妖娆的气质。"

显然刚刚二十出头的她完美地解释了这个"从头往下看，风流往下落"的性感形象，难怪二十年前影坛大佬对她几乎是一见钟情，"她很性感"，也难怪她能从当时中国最红的女演员手里把男人抢过来。那时的她，就有这种天不怕地不怕的霸气。

作为女演员，她极富天赋，这天分就是她那极具个人化的美，美得像"炸弹"，又自然，又野性还极具侵略性。对于男人来说，她几乎像一只架不住的小野兽，这让孱弱的男人害怕又喜欢，也让勇猛的男人觉得"有劲"又"难以征服"。

哪怕就算到了43岁的年纪，她的美也余威犹在，真人秀里还照样可以让红裤子的英国司机情不自禁神魂颠倒，要和她套近乎说情话。所以她一直是骄傲的，她从无一个四十多岁单身女人的各种拧巴，从不惧怕晒她17岁的英俊儿子，也从不忌讳谈她的小男友。

为了强调她无以伦比的吸引力，她会在访谈节目里傲娇地表示她有灿烂的情史："我从来没有单身过。"

怎么说呢？美女当然是骄傲的，哪怕时间过去，这骄傲还让她不同于常人。

人们总觉得超乎寻常的美似乎应该有超乎寻常的命运，可是，她似乎让人们失望了。

她曾拥有超乎寻常的美，也拥有过超乎寻常的起点，十来岁就因为长得太过出挑而被挑中当了演员，好像被命运推着走。一个贵州姑娘，学画画的，不过是想去广州画个动画，走到路上就被人看中。那时还没什么人知道广告或者电影，但是她却在那蒙昧初开的年代里一口气拍了很多的广告，红得这么随意，所谓"人见人爱，车见车载"大约就是这个意思。

三十岁以前，总是被命运推着走，十几岁已然是当年上影的当家花旦，无数导演争相邀约。二十来岁的年纪，主演的好几部都是得过国际大奖的佳作。可是在经历过那场与大佬激流般的爱情之后，她突然火速与一位名不见经传的美国男人结婚（**因为大佬也火速跟一个法国女人结了婚**），并产下一子，用她的话说那是"一言不合，凳子就飞起来"的婚姻生活。

三四年之后，她再复出时，世界已然不同，从此开始了漫长的电视剧生涯。虽然演过不少脍炙人口的电视剧，但在演艺圈不成文的规则里，电视剧明星当然比电影明星级数差很多。于是在一般人的眼里，她是"可惜"了。要知道，在上世纪90年代初期，她曾被认为是仅次于巩俐的电影女演员。如果她不是任性地出国生子，也许，她早就是巩皇的地位了。可是，人生，哪有如果这回事呢。

人生真的没有如果，性格决定命运，任性是她的标签。她任性地爱，任性地走，任性地演，也任性地飞。生活毫不客气地教训过她，可是她也没怎么臣服，依然梗着脖子活着。

有人不喜欢她的任性，可是有什么要紧的呢？任性也许仅仅是因为任性得起，美貌让她桃花不断，电视剧让她生计无忧。生活里还缺什么呢？好像什么也不缺，有漂亮的孩子，有美国前夫，有小她十来岁的小男友们，她比大多数四十多岁的中国女人活得豪迈和惬意，虽然没有人们想象得那么好，那谁叫人家从来就没有如你这般俗地想象过呢？

没有企图心的女人到底还是活得轻松些。

阿兰·德波顿说："在成人的世界里，每个人都充满了争名夺利的地位焦虑。"另一个哲学家维达尔说："每次看到跟我差不多的人获得了成功，我的心里就像死去了一部分。"如果她是这样的人，她应该会很痛苦吧。好在她不是，至少现在不是。在经历了那么多风风雨雨之后，她最大的收获也许就是她没有得到的真正的成功。所以，她看起来，比巩俐活得要接地气多了，"如果我们为了那些即使得到，也不能使我们更快乐的东西而感到焦虑，那未免也太悲哀了。"所以，有时候最幸运的事是——我们没有获得那些天大的成功。

不是每个人都要当林青霞，也不是每个人都要当巩俐，巨大的声名永远需要付出最大的代价，高台的凉风需要最贵的裘皮才能御寒。成功有成功的好，不成功有不成功的好，最重要的是，你要明白以及接受你可以付出的代价。

所以，拿着一手天牌的大美人，到最后天经地义地给自己和了个小番。有没有后悔过，我们不知道，但至少她没有表现出来。

她很快乐而真实地活在这个势利的世界里，用尽她所有的努力去抵抗那些势利的眼光，那些豪言壮语多少有点对抗的意思——这样的生活虽然辛苦，但说到底把命运紧紧地攥在了自己手里。我玩得起，是因为老娘乐意，这才叫"桃花流水鳜鱼肥，斜风细雨不须归"。

说一千道一万，任不任性别人管不着，美不美更在其次。过了四十岁还能由着性子闹来闹去的女人再拧巴，人们也总得担待一下，敬她三分，因为活着的路不止一条。

而自食其力者永远最光荣！

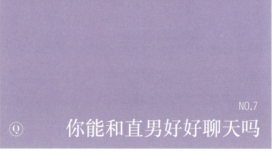

NO.7

你能和直男好好聊天吗

怎样才能和直男长期愉快相处？

直男，网上有一个比较直接的解释，就是指在任何情况下都只喜欢女性的男性。

在任何情况下都只喜欢女性的男性按理应该更受女性欢迎，但偏偏直男有一个致命的弱点，那就是他们普遍情商偏低，他们听不懂别人说话，自己也不会说话。

典型的例子是以前那个L开头的天王。

L天王在香港记者中间有一个外号叫"金句王"，他的金句很多，以下是一些例子。

第一位，我不会空肚吃早餐。（早上出席记者会）

第二位，坎坷过后有艇搭。（被追问自己公司的女歌手被雪藏）

第三位，我左手打右手，右手不痛吗！（讲公司有内鬼）

第四位，当一枝花变成一枝花的时候，是不是变成一枝梗呢！（回应是不是40岁前不结婚）

第五位，每个人都应该珍惜机会，否则就会绝对空虚。（形容新秀进发歌星路）

第六位，左勾不到八，八勾不到九，我跳舞不好看，但跟拍子没问题。（自评舞技）

第七位，借钱如送礼，还钱如乞米。（感叹借贷问题）

第八位，我豁达，所以不介意人家说我不豁达。（形容是非）

第九位，现在煮到九成相似，一模九样。（赞家佣去泰国学厨学得不错）

第十位，原则会取缔默契，默契会产生更多议题。（被问与前妻在生育问题上是不是有默契）

以前大家都觉得L天王只是喜欢讲哲理，喜欢弯弯绕，但是最近快五十岁的他接受采访时剖白：他之所以找不到好的爱情，是因为女人都喜欢坏男人，而他不是坏男人，所以他找不到爱情。

我几乎想要哈哈大笑，原来我们以为深刻了一辈子的L天王根本不是深刻，反而是因为太简单，简单到对于感情的认识基本是初中生的水平呀，只有最幼稚的男生才会认为女人只喜欢坏男人——女人当然喜欢好男人好吗，只是因为你不够好（不够有趣、有活力、包容、有情商、有钱……等等各种）她才会弃你而去好吗？

有时候，直男的简单就在于，他一直简单地活在他认为正确的世界里。当然，他以为他那不叫简单，叫善良。就像以前李晨找了范冰冰，喜滋滋发声明大损前女友张馨予和从前赞美张馨予那么单纯自己租房子、下雨天打不着车、爱她一辈子一样，都有"一股浓浓的直男蠢气隔着网络就冒出来了（衣锦夜行燕公子语）"。

直男是有一点蠢，当然，你也可以把它翻译成有点直。反正不管怎么样，他们就是对于他人的情绪没有一个正确的估量。所以导致他们会干很多蠢事，会说很多蠢话，他们基本上没有办法和人好好聊天。

用我的生物学导师黄爱东西的话来说这也是有生物基础的，因为上古时代直男必须面对许多严酷的挑战，有时甚至危及生命，他们必须进化得更坚强、更简单、更隔绝。这样，他们才能面对比如凶悍的野猪扑过来这种可怕的突发状况；而女性因为长期必须照顾家人以及合作，她们感受他人情绪的系统显然比男性更为发达。

所以，要想和直男们长期相处愉快，你唯一需要做的事就是：粗暴简单地对直男提要求，如果你想要一枝花，你就要他去买，别说你看今天是情人节，张美丽的男朋友都送了她花……如果你想要他抱住你，你就应该直接晕倒。如果你不满意他跟隔壁王小姐说话，你就直接告诉他，你吃醋了……这样，他才能get到你的点。据黄爱东西老师分析，直男之所以这么没眼色，猜不透身边女人的心思，是因为从上古时代起，他们就致力于更简单、更直接、更猛烈的"锤子反应"，在长期的进化过程中，他们强调了这一技能，但对于人类内心深处的幽深微暗之处的捕捉，恕他们不能。

在我有限的记忆里，超级直男除了L天王与李晨之外，另一个就是H帅叔了。H号称宇宙第一直男是没有异议的事情，他自己也说，拍戏的时候他跟武行的人最好，因为："我喜欢爽快和直接，不玩弯弯绕。"

　　有生之年，我都记得我和这位第一直男的对话。我问他："你记得小时候最美的北京是什么样吗？"他想了半天，给了我一个异常直男的答案："我觉得最美的时候就是在海军大院的时候，下大雨，我们穿着雨衣当斗篷，拿着木剑打架的时候。"

　　再问："还有没有更文艺一点的场景，比如秋天北京的某个景象，某一天的晚霞让你记忆深刻？因为我们是一本超级文艺的杂志，所以我需要一个文艺的答案。"他又用力地想了想："没有了，就觉得那时穿着斗篷，在雨里冲来冲去的时候最美了。"

　　那一瞬间，我只想一口血喷出去。好吧，直男是没有办法记住北京11月的银杏和晚霞的。眼前这个48岁的男人，其实也一直是那个驰骋在大雨里，为打架而热血沸腾的大院少年。

　　那一瞬间，我也终于确认一个事实，直男注定就是一种和女人无法愉快地聊某些幽微反应的生物了。你和他之间，要想长期相处，基本上用三句话来处理就行了：有话直说，有事就做，有屁就放……

　　交流心事和探讨人生这种情感级别较高的事，只能留给闺蜜以及gay蜜了。

面对

Life is a
Sunday morning

不需焦虑，
每个降临到这个世界的人都自带粮草与地图，

每个人都有自己的gift，

每个人都有活下去的方式。

Chapter 5

任何你想要得到的，
都在恐惧的那一端

NO.1

随身携带巨大
荒凉感的女人怎么活

　　她是名满天下的舞者，三十来岁还有一张少女一样的脸、纤细的腰肢。上世纪90年代很长一段时间，每一年的春晚都有她，每一年她的节目都是那热闹的晚上，唯一让人沉静下来屏息观看的节目。她化身孔雀、月光、小树，每一样都如幻如真，幽静、唯美、极度的女性化，与火热阳刚的上世纪80年代末形成了一种曲折的映照。

　　导演喜欢拉她的大特写，她有一张无懈可击的脸，抿着嘴微笑着的时候，眼睛迷茫又梦幻，简直是月光女神，没有人不喜欢她。

　　她极少接受采访，偶尔一两次，也是中规中矩，看不出什么异样，这让我低估了采访她的难度。事实上我采访时的她，已经快六十了，可是她却一点也不见老。网上有一组照片流出来，是她在自家的花园里摘花，背景是粉红、粉白、大红、大白的巨大牡丹。她一身白衣，提着花篮，脸上是娇羞的少女表情，端的不是神仙姐姐是什么？

我是怀着无比崇拜的心情去采访她的，于公于私，她都是我心中的女神，她在银幕上那么美，那么好，那么温柔，那么女人，但没想到她真人这样的严厉。

对，只能用"严厉"这个词。采访进行得颇不顺利，她几乎什么都不答，什么都跟你搂了回去。那几个小时的采访时间对我来说几乎是受罪。当时她正在导一部戏，汉朝初立时代的故事，讲的是人与人之间的钩心斗角。

"这个世界就是个食物链……人吃人……"我很少在成名人物那里听到这样直接强烈的定语，特别是从一位女性口里说出来，效果异常强烈。我当然知道她吃过不少苦，但她已然算是这世间最幸运的人了，如果连他们都觉得人生如此黑暗，那么这世间对于资质平常的人来说不是太残酷了吗？

我狼狈而退，什么也没有写。

过了一段时间，我在不同的场合遇上了或多或少跟她打过交道的朋友。我说起她的不友善，他们都哈哈大笑说她一直就那样。江湖人称"冷冰刀"，逮谁灭谁，但谁都说她好。"她也不是故意的，一是因为她一直是大美人嘛，大家都宠着她。她习惯了那种想说就说、不想说天王老子也不理的说话方式。二是她确实有某种程度的人际交流障碍症，跳舞出身，习惯肢体表达，不习惯语言表达。再加上人家又是白族人，人家根本不知道汉族人的交流方式是什么。"她的一个朋友这样帮她解释。

这倒引起了我的兴趣，我又把她的采访和资料看了一遍，大致理清了她十一二岁前的经历：在一个极远极偏僻的云南小村子里长大，正好又碰到"文化大革命"，父亲不告而别，母亲严厉而孤独。

很小的时候她就要照顾下面的三个弟妹。她是老大，自己个子还没有锄头高，就已经要背着妹妹到处走，若不是十来岁被挑上宣传队，说不定她早就被卖到缅甸当童养媳了……

我闭上眼睛默默地设想了一下她的处境，在一刹那大致明白了她对这个世界的感受。心理学有个观点是：如果三岁以前没有领受到足够的、充分的安全感和爱，那么这个人一辈子都会生活在一望无际的荒芜之中，可是怎么办呢？

人生就是这样安排的，你根本就无法回到三岁时去给孤独的自己一个拥抱，你只能背着这荒芜走完你的一生。我突然想起她刚刚成名时，接受采访说的那些话的意思。她说她希望自己可以永远仰望星空，希望自己不要走丢。是啊，人在绝对的荒芜里是很容易走丢吧，过于敏感的灵魂在这世间简直就是一场杀戮。

顾城有一句话："命运不是风，来回吹，命运是大地。走到哪儿，你都在命运中，整个都是，还有什么舍不得？"既然没有什么舍不得，那么就领受这一切活下去吧。英语里面，把天分称之为gift，荒芜是一种gift，美貌也是一种gift；孤僻是一种gift，肢体也是一种gift；冷静是一种gift，坚强也是一种gift。

像我偶像黄爱东西安慰我的话：不需焦虑，每个降临到这个世界的人都自带粮草与地图，每个人都有自己的gift，每个人都有活下去的方式。

一个随身携带巨大荒凉感的女人可以怎么活？我不知道，但我有幸在朋友圈里看到了她的家，她朋友拍的。在我看来，这几乎是个小型天堂，园子里种了很多的花和树，杨梅、桑葚、覆盆子、无花果、油桃、梨、苹果、樱桃、黄李、杏。在家的时候她自己修剪花枝，花会剪下来插到银盆里，断了的桃树折下来插在花瓶中。落下的花瓣也不扔，就铺在水缸上。

她是天生的绿手指，好像上辈子是种花的仙女，所有的花与树在她的园子里都开得最大最艳，结了果就拿下来打成果汁。只要在家，只要不下雨，她永远在花园里吃饭。哪怕是一个人，也要把碗筷摆得很漂亮，花和鸟都在旁边。朋友描绘了一个动人场景：有一天，她们吃饭的时候，有一只梨子就掉下来，一只鹦鹉就停在梨子上面叫。然后很多鸟都叫起来，那一瞬间她觉得到了天堂。

我突然想起了迈克尔·杰克逊，这个男孩从来没有童年，后来他为自己建造了一个巨大的2600英亩的庄园，名叫Neverland Valley Ranch（梦幻庄园），里面拥有他小时候梦想拥有的一切。而从来没有童年的她也为自己造了一个人间草木天堂，一花一草，一鸟一盆，都是她为自己安造的安稳天堂。

"你觉得她真的快乐吗？"我在微信上问和她走得很近的朋友。

她的朋友想了一会儿，说："不知道，但至少，在摘花的时候我知道她是快乐的。"

我知道这问题真多余，可是知道答案之后，还是开心了很久。

每一个有能力为自己建造天堂的人都不会走丢。

NO.2

你真的不用了解我，
爱我就够了

　　情场生活，女性通常较男性要更理智更精明——在她们真正坠入情网之前。

　　我有一位认识了很多年的朋友，是出了名的精明能干、驰骋商场的美女。平时都是她教育我这个生活白痴，爽肤水应该怎么用，油性皮肤应该怎么护肤，哪种理财产品更划算，对待无良上司要怎么才能迎头痛击，但有一天晚上她突然变白痴，一个晚上翻来覆去地喃喃自语，还问我："你说他到底爱不爱我呢？他会不会永远爱我呢？他懂我吗？"

　　我安慰她，他肯定爱你，不爱你也肯定喜欢你，要不然怎么成天和你发短信啊，但没有人能保证他会永远爱你，而且你要男人了解你干吗？

　　说实在的，我很怀疑：这世上会有男人真的想去了解女人吗？

"或者会吧，但那一定是同志。"我的朋友Cici说，她最好的朋友就是一个非常好脾气的"同志"，他是如此了解她。为什么会如此？这位"同志"给出的答案是："因为我们都处在同一个位置——我们都爱那些无情的男人，所以我们最了解同类。"是啊，所以林忆莲最好的朋友是伦永亮，徐濠萦最好的朋友叫黄伟文。

当然，这种推论也有例外，比如李安，网上有高手长文论断李安是同志，最懂女人心。不过，李安用他的李氏《色·戒》充分表明——他就是那种典型的中国大男人，他虽然细腻，但却不彻底，他懂男人，却不懂女人。这一点，他也承认："我不懂女人，我对女人没兴趣。"他的情爱观和《西游记》里的龙太子差不多——女人总会爱上和她上过床、又猛又强的男人。

张爱玲用一万三千字的小说讲了一个"谁也不爱谁"的故事，王佳芝对易先生的感情，"是因为感情太过强烈，而爱上了感情本身"；而易先生对王佳芝的感情，则是"虎与伥，那终极的占有"，在李安的理解下成了那一场因为性所以爱的文艺片。

张爱玲俯瞰的冷笑，变成了汤唯情欲难耐的红唇。张迷们气得要死，因为他把伍尔夫拍成了梦露。好看是好看，但性质却不一样了——这也正好证明了女人和男人的不同：女人爱幻想，其实心底里比谁都清楚；男人不爱幻想，却缺乏直面现实的勇气。所以女人虽精明却容易受伤，男人虽混沌却喜爱说谎……

最了解女人的肯定不是男人，用伍迪·艾伦式的思维推断，是更老一点的女人。

据说美国上世纪60年代最出名的第一夫人杰奎琳·肯尼迪刚结婚

的时候非常不喜欢自己的婆婆罗斯，觉得这个妇人简直没有灵魂，虚荣拜金，对花心的老公和儿子统统视而不见，不加管束，只知道"春天去巴黎购物，夏天在里维里拉喝咖啡，游泳、打高尔夫，保持身材苗条"。

可是当杰奎琳经历过情海翻波、世事苍凉之后，她发现自己变成了另一个罗斯，年轻的女人终于理解了台上光鲜女人背后那一个更黑暗、更无常、更无法言说的世界。那是一个名门太太最现实的选择，除了这样，还能怎样？还有哪一种方式会对自己更有利——如果你想维持现有的生活水准而又不打算靠自己的双手去打字？

女人对女人，是真正要到了那个年纪才会了解，因为有了了解而有了慈悲。当肯尼迪死时，记者拍到一个意味深长的场景，媳妇与婆婆终于言归于好。媳妇杰奎琳·肯尼迪紧紧拉着罗斯的手，这个更老的女人对着镜头倔强地说："谁都不必为我而难过。"

很多年以后，杰奎琳·肯尼迪还记得她这位婆婆的处世名言："污浊之河不断流淌，它不会永远围着我转。"每当她觉得过不下去的时候，她就会把这句话抬出来安慰自己，是的，"污浊之河不断流淌，它不会永远围着我转"。

有些事不经历就谈不上了解，女人走的永远不会是男人的道路，男人也永远走不进女人的世界，就像那英唱的，白天永远不懂夜的黑。

可是有什么要紧？也许男女之间不可能有真正的了解，就像女人不可能了解男人青春期因为成长期荷尔蒙所带来的巨大困扰，而男人也不可能知道那些黑暗的夜里会有那么多因为绝望而扭曲的面孔，因为惊醒而出的冷汗……

　　男女之间，有时真正的了解是不必要的，距离放大的美感——太过明显的痛苦对于平静生活是一种冒犯。

　　对于男人，情场老手林燕妮说了一句很有趣的话："你真的不用了解我，爱我就够了。"

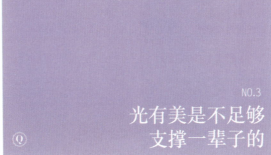

NO.3
光有美是不足够
支撑一辈子的

　　电视里突然播出她吸毒的消息，铺天盖地的是对她演过的角色"最美妲己"的感叹。除了美，她作为一位老牌明星，过去仿佛是没有什么可说的，这真令人觉得生活乏味，但我个人觉得，作为"60后"里最经典的美人，她的经历其实还挺耐人寻味的。

　　社会学家一般会把"60后"归结为最幸运的一代，因为他们几乎赶上了所有中国发展的红利阶段：懂事之后"文革"就结束了，赶上了国家恢复高考，赶上了大学毕业包分配，赶上单位还有福利房，也赶上了改革开放。有能力有恒心的在体制里面熬几年，怎么样也是科长处长实权派；有野心有视野的干脆下海从商赚个盆满钵满，无房事之忧，无创业之苦。

　　而1964年出生的她恰恰就是这个时代大潮里的幸运者。14岁，她就凭着自己与时代接轨的美貌自在闯荡江湖，成为最早那一批富起来的人。

那是不拘一格降人才的上世纪80年代，她不是什么科班出身，但一直是剧组红人。1988年，电影《红楼梦》里演薛宝钗；1989年，《风流女谍》里演川岛芳子；1990年，神话剧《封神榜》里演苏妲己；1991年，《吴三桂与陈圆圆》里演陈圆圆；1994年，《唐太宗李世民》里出演公主杨吉儿。那时候，只要是倾国倾城的美人角色，大家多半想起的是她，用她的说法："完全没有想什么，反正就是一部接一部戏地拍。"

美人也就算了，偏偏她还聪明，上世纪90年代转行做知名服装品牌代理，亿万富姐这顶帽子抛过去，她也就顺水推舟、半推半就地接了。

刘晓庆号称亿万富姐还得坐个牢，而她是东北聪明娘子，不声不响日子过得真滋润。感情生活呢？不算顺当，但亦不能算不顺。结过两次婚，20岁时嫁同行，22岁就离了，28岁再嫁高校教师，喜得一子，36岁也离婚了。离了也没什么，孩子跟父亲。

她依然是漂亮富有的单身女人，社交场合上也不时见到土豪追求者。2010年，46岁，面容姣好、穿着高雅的亿万富婆在电视里淡淡地说："我没有什么是必须要让自己做的，如果说有，那就是对自己好一点。"

是啊，"奔五"的女人了，好像一切都尘埃落定了，演戏让她有了名，但眼瞅着也不可能再变成范冰冰了，做生意让她有了钱，但似乎也不可能变成乔布斯了。14岁入行，见尽人间真相与名利繁华，过尽千帆皆不是，轻舟已过万重山。爱情有过，事业有过，婚姻有过，孩子有过，都是姐姐玩剩下的。活到80岁，还有三十多年，这漫漫无边的富裕安定里还能干些什么呢？唯有"对自己好一点"。

　　什么叫"对自己好一点"？每个人的理解不一样。

　　张曼玉"对自己好一点"的方法是找一门爱好，烟嗓子唱摇滚搞音乐，你们笑我关我什么事；奥黛丽·赫本"对自己好一点"是守在瑞士的花园小房子里修剪花木，主职是做联合国慈善大使；刘晓庆"对自己好一点"是嫁给痴情粉丝，周游列国，半闲半忙演舞台剧；林青霞"对自己好一点"是改行当作家，写书，画画，收藏艺术品；杰奎琳对"对自己好一点"是转行做出版社编辑，大隐隐于纽约；胡茵梦"对自己好一点"是转行灵修大师，传道授业解惑也……

　　而她呢，是"咋高兴咋任性就咋来！您玩儿乐呵了就好"。

　　这也许是中国大陆幸运的"60后"们，我们的爸爸妈妈、我们的叔叔阿姨、我们的哥哥姐姐这一代最不幸的地方。他们由物质最贫乏的年代里走来，时代际遇让他们幸运地拥有了巨大的声名与财富，他们大半辈子攻城略地，不断攫取，可谓前无来者，后无可继，念天地之悠悠，独怆然而涕下，唯一的问题在于：攫取之后，灵魂安置何方？

　　只有美是不够的，甚至只有钱也是不够的，人生是多么虚空的事。

　　看书时，看到尼采写道："欲望不能满足时人痛苦，但欲望满足了人也痛苦……"吃饭时，听到裴谕新教授对我说："追求物质满足总归是容易的，但追求精神满足难……"而我个人觉得人生最残酷的一点在于："我们都想对自己好一点，可是我们怎样才能找到路？"

　　真的，光有美是不足够撑一辈子的，还得有坚强的精神世界才够撑上一辈子，还得有事可做才能够撑上一辈子，还得内心有爱才能够撑上一辈子，难啊。

NO.4
旧式女子的新式存在

名利场的好戏总是特别多。

有一年的大年初四，一则新闻传来：一位知名的中国女明星突然离奇地晕倒在离奥斯卡红地毯不到十米处，紧皱双眉，抱撼离场。越洋传来的照片上，是她痛苦地皱着眉头坐在担架上的样子。

说起这位女明星，那离奇的事真是有一箩筐。首先是她出身世家，然后是她被一位电影大腕看中，后来她突然又和电影大腕翻脸了，再后来她和一个卖索具的世家小开常常连体出现。这位索具小开是有妻有子的，所以他俩出现时总以好朋友互称。再后来，有消息说她已经替索具小开生了一子，更令人震撼的是索具小开的妻子还代为照料月子。总之，她和索具小开的事就这么纠纠缠缠了多年。

而在晕倒之前，女明星曾经兴高采烈地宣布，她是那一年奥斯卡

"唯一受邀华人女星"，即将携手大神级影帝汤姆·汉克斯风光走红毯。可以预见，按照那些年中国电影女明星的艳光，绝对"力压"斯嘉丽·约翰逊、朱莉安·摩尔、梅里尔·斯特里普……可惜呀可惜，"为国争光"的机会就这样不明不白地错过了，真是遗憾啊。

消息传到国内，一大波势利群众却疑窦丛生，群起攻之，纷纷谓女明星炒作，质问为何所谓的"与汤姆·汉克斯携手红毯"根本不在官方流程内？汤姆·汉克斯为何始终不见踪影，难道他也晕倒了吗？甚至腹黑猜测所谓的"先丢80万元的礼服"，再"凌晨4点晕倒"，原本就是为不会发生的事情找个台阶下……关键时候，女明星的索具小开又挺身而出，力斥流言。

说实在的，那个化妆间里到底发生了什么？谁也不知道，也许只有女明星自己才知道。但我想她晕倒应该是真的，往近里说，赶飞机准备奥斯卡"力压群芳"着实太累；往远里说，她这几年的日子也过得着实不算顺利。

作品没怎么听说过——她让人有较深印象的作品，仍然还是十年前那部电影大腕钦点的片子，而绯闻却挥之不去，愈演愈烈。庸俗的人民群众对她与神秘小开的关系十分困惑，因为他们俩从2007年起，就像连体婴儿一样同进同退，关系却扑朔迷离：一会儿是情侣，一会儿是朋友；一会儿是知己，一会儿是上下级；一会儿是工作关系，一会儿又是"爱情"（2014年接受新浪采访语）……眼毒手快的记者这样描述这几年见到的公开场合的她："她独自面对媒体显然有些招架不住，一直用统一的心灵鸡汤式回答来应对各种发问。对此前海外生子的绯闻也左右躲避，其间不停伴随挠耳朵和各种琐碎的动作，看样子非常紧张。"

女明星和索具小开是什么关系，这和她晕倒一样，恐怕是千古之谜。她的原话略可露端倪，年过三十的她在表述爱情观时意味深长地说："生命是复杂的，就像一首诗一样，迷人之处就在于有很多的可能，有很多的空间。"

也许男女之间原本就有千万种不同的关系，如果传闻中的关系属实，其实也十分平常，不就是多年前中国社会盛行的旧式的男女关系嘛。除了没有名分，上市公司股东、1亿元资本、30%的股份以及影视公司"总裁"那可是板上钉钉的事。一般的女子得到"拥有亚洲唯一的超长悍马车，价值22万美金的VERTU手机，46亿年的祖母绿戒指，拥有私人瓷器博物馆"的英俊多金的霸道总裁多年的悉心照顾，想必早已洗尽铅华，偏安海外。只可惜，咱们还偏偏是受过高等教育心高气傲的新式女子，又恰好碰上了这个只能一夫一妻的新时代，薄命怜卿甘做妾，已然是文明时代不屑提及的感情式样。

这也许是独属于我们这个时代的尴尬：一方面是新得不能再新的世界，一方面是旧得不能再旧的感情；一方面是欲望多得不能再多的男女，另一方面却是冷血无情、等着看笑话的群众；一方面是誓登名利顶峰、痴愚虚荣的大执着；一方面是偷走捷径、拿尽招数的小算盘。

在这个时代，容易晕倒的女人大约都很纠结吧？都很痛苦吧？又想做风光自由实现自我的新式女子，又不甘心放弃手到擒来安逸依附的旧式生活；又要携手影帝，又本事不济……错倒没有错，只能说，可能是想要的太多了。

生命太复杂了，太难了，大多数人都没把心中的诗写好，最后只写成了几行笑话。

ⓠ 每一个人都是走钢丝的人

那一年，从来没有哪条新闻像她老公那单新闻那么大，让人印象深刻，好几年都让她老公抬不起头来。

其实也是很倒霉的，她的那个刚刚星运大火，正准备大红特红的比她小八岁的老公和一个女明星在香港开房。不早不迟，正是她生二胎的时候。最可怕的是，小女星和她老公还在街上撒娇，正好被狗仔队拍到，一时之间成为巨大的新闻。江湖传言，有人出过巨大的数目想要阻止这条新闻的出街，但最终还是出了。事情暴露之后，她的小老公大发雷霆，在网上乱骂，毕竟是年轻，沉不住气，哪里像她，一句"且行且珍惜"就镇住了场子。事后可见，她处理得颇为得当。

几年过后，老公回归，年轻女星另找，但唯一可惜之处，她的小老公的事业算是断送了。在这个异常保守的国度里，没有五年八年，人们还真忘不了这事。和美国人视家庭为大防不一样，她的小老公只不过充当了人们不满的一个靶子——因为这样的事在这个时代实在是太多了。

"贵圈真乱"，是人们常常用来形容娱乐圈的话。事实上，娱乐圈只不过是社会的一个小角。人性是相似的，情欲是相似的，明星也是普通人，也会偷情，也会忏悔，也会原谅，也会且行且珍惜……明星至少还有狗仔队看着，隔壁的张三可没有谁有兴趣看着。环顾周围，背着怀孕老婆跟人开房的男人还少吗？难耐十几年婚姻寂寞的熟女断然离开老公的没见过吗？只能说，我们来到了一个异常不纯真的年代。

《绝望主妇》的经典小台词是"每个人都有自己肮脏的小秘密"，道德之外有一大片灰色的地带，精力过剩的男女们在奋力耕耘。

人人都希望自由，但有了自由之后可不是全然的狂喜，还有更多别的，比如选择，比如责任，比如痛苦。德国经济学家贝尔给这样的拥有自由的人们下的定义：我们来到了一个"风险社会"，"风险社会"中的风险是"平等主义者"，不放过任何人。

更多的选择意味着更多的自由，更多的自由意味着更大的风险，用政治学者郭巍青教授的话来说，那就是"风险社会让每一个人都成了走钢丝的人"。尤其是当下的中国，伟大的深刻的社会转型期，人们空前自由，许多约束随风而逝，从这个城市跑到那个城市。

若干年前，所谓单位、家族包括社会舆论对于个人的压力，在这个时代几乎可以忽略不计，信仰与社会保障的缺位让离婚的成本也越来越低。婚姻是这场剧烈变动里最明显的阴晴表，当大城市的离婚率已高达四成以上时，出轨率有多高，你真的有胆量去算吗？

女人是越来越独立与解放，伴随着这独立与解放的却是男人更唾手可得的艳福。他们完全不需要像从前一样花大把的银子去花船、书寓尝试恋爱与性，身边俯首皆是年轻迷惘的、情无所归的小妹妹，无所畏惧的、拥有强大经济能力的小姐姐。感情与性成为这些自由女性最想追逐的事。

简单地说，已婚成年男性们获得额外的情感与免费的性的机会越来越多。而在这场游戏里，婚姻内的女性显然是最大的受害者，她不但要面对庞杂的事业和家庭的事务，还要面对这"小三"横飞的年代。男人只需发一封含义模糊的道歉信，就可以脚底抹油轻易过关，大奶必须高抬贵手原谅。但说实在的，在现实的中国语境下，除了原谅，中国的马小姐们还有其他路可选吗？

愤然离婚当然更不合算，正好给小三腾了位置，带着两个孩子独自生活也很困难……人生也只有到了这种苍凉时代，女人们才会清醒地发现男权社会的真相——婚姻这个游戏对中国女人来说太难了，单身和已婚的都很无奈，除非你内心与经济都无比的强大，否则无论你怎么选，看上去都是输家。

恋爱很易，生活真难，一方面我们为越来越有选择的自由而拍手称快，一方面我们为面临的风险而心生恐惧。每一个人都是走钢丝的人，男人有男人的钢丝，女人有女人的钢丝，若是有人玩得太疯，不小心把你给踹了下去了，你似乎也只能认命。人们似乎也不再有同情心，因为一切都是你自己选的。

残酷的钢丝时代，长风猎猎的悲情人生，插在泥泞肮脏的个人旗帜上只有一句话：有何胜利可言，挺住意味着一切。

NO.6

爱情到底应占
女人生命的几分之几

这个问题，不同的年龄有不同的答案。

25岁之前，我觉得是百分百，而且当然是百分百。那时我最喜欢的一首歌是李宗盛为陈淑桦写的《问》，"只是女人，容易一往情深，总是为情所困，终于越陷越深。可是女人，爱是她的灵魂，她可以奉献一生，为她所爱的人……"挺傻的哈。

再过了几年，我再唱这首歌就有点瘆得慌。百分百太傻了吧，那么百分之九十总归要有的吧。再过了几年，觉得占到三分之二好啦，差不多啦。一直到这次她出事，听到消息，脑子里第一个想到的问题就是：爱情到底应该占女人生命的几分之几？像她一样吗？

其实我不想评论一个女性的跳楼自杀，也不知道她自杀的原因，我只知道她曾是我喜欢的歌手。她是什么样的人，我也不知道，和她有过交道的老师是这么形容的，容我抄录一下："她的热情如滚开的水，纤弱如纷飞的絮，温柔如缠绕的藤。一旦迎面扑来，叫你猝不及防。她急切地需要把爱分送给朋友，也急迫地需要被爱。在今天这样只讲利益的社会，她的多情就非常令我担忧……"

离婚后的她，害怕孤独与寂寞。于是，寻找新的爱情，便成为她自我逃避的方式。应该说：因害怕孤独寂寞而去恋爱，通过别人以求得安慰是当代青年的一种十分常见的心理……把自己的幸福和未来都装进了婚姻。而依赖，很可能就是被利用或彼此利用。

这是最危险的！难怪有人说：爱可以拯救，也可以毁灭……激情消退，大梦方醒，她赠房、赠车的种种慷慨，都成为证明自己愚蠢的注脚……再有名气的演员，其内心都极其脆弱，不堪一击……一切都有限度，超过了限度，她决定撒手！

一位人近中年的女艺人，选择在与第二任丈夫新婚百日之际，在第一任丈夫的生日这天跳楼自杀，这本身就是一件意味深长的事，所以伟大的前夫为前妻下的定义是："为爱而生，为爱而死，她是一个很伟大的人。"这句话怎么听，怎么让人觉得有点怪异，特别是从一位当事人的嘴里说出来。广东有句俗话用来嘲笑傻男人，叫"为女生，为女死"，但一旦换了性别，为爱生为爱死就突然伟大了，这论调这么有理，这么有市场，连新一代的小美女小演员亦可以在采访中铿锵有力地表白：为了爱情，我可以死。

可不可以为了爱情死，可以。

但单方面地鼓励以及赞美女人为了爱情生，为了爱情死，这是不是一种奇异的现象？

法国结构主义精神分析学家雅克·拉康说过一句石破天惊的话："女人不曾存在。"他的意思是女人的种种特性并非天生，是在几千年以来各种伟人（主要是男人）提倡的女性符码下形成的。在这种一旦没有爱，就失去了灵魂的主流论调下，失爱的女人自然只有死路一条，这是一种什么样的社会暗示？这是谁给女人下的定义？这是谁给女人洗的脑？

"傻孩子，多疼啊，难道会比活着的疼轻一些吗？"——这是整个事件中，让我觉得最伤心的一句话，是她母亲说的。

爱情到底应该占一个女人生命的几分之几？

从时间上来说，确实某个阶段可能是百分百，但一定不会永远是百分百。

作为一个女人，首先是一个人，那么作为一个人，让生活得以有意义的，不光是你与人的链接，还有与事的链接。从心理学上来解释，人要活得有意思，无疑要让自己与世界链接，让自身的能量流动起来，找到你喜欢做的事，把自己的能量灌注在事情里，在创造中又获取更多的能量，这无疑是一种更有意思更广阔的活法。

活着，不光是为了爱，也许还可以是为让自己的人生有意思，就算是爱，也有很多种，其中，最狭义的就是给爱人的那一种。

NO.7

成熟女人的世界里，
男人真的不算什么

一

据说一个女人有没有女人味，直男说了不算，要同志说了才算。

在香港，同志圈里备受追捧的女明星，多半有了点年纪，比如林忆莲，比如张艾嘉，比如金燕玲……很多人不知道金燕玲是谁，其实这些年那些文青喜欢过的名片，《倾城之恋》《牯岭街少年杀人事件》《独立时代》《麻将》《一一》《宋家皇朝》《心动》《苹果》里，都能发现她的芳踪。

金燕玲有金燕玲的味道，无论是哪一种熟女，风情的、高贵的、沧桑的、凄厉的、冷峻的，她都轻车熟路一一拿下，即使是一两场戏，也能叫人印象深刻。

也难怪，她生活经历丰富，台湾、香港、伦敦都待过，妖艳的脱星、豪奢的阔太、忍气吞声的全职妈妈、孤苦无助的单身妈妈、彷徨抑郁症的失婚妇人这些人生角色，她都一一当过。"演员是红酒，摆得越久，经历的事情越多，层次就越丰富。"她说。

所以金燕玲是电影圈里数得着的金牌配角，第35届香港电影金像奖上凭着电影《踏血寻梅》拿下最佳女配角已经是第三次，前两次分别是1986年的《地下情》和1987年的《人民英雄》。只不过，以前和她演对手戏的是梁朝伟、梁家辉，而现在，她只能演他们的妈妈了。

61岁的她，在台上泪流满面："我每次离婚之后都会回到香港重新开始，因为只有这里还会给我戏拍。"

二

说起来，金燕玲就是上世纪50年代那种普通的旧式女子吧，那时候的女孩，从小就被父母灌输女人最紧要嫁个好老公。"女人应该结婚生小孩，很会做家务，这就是美满人生。"

她人长得漂亮，性格直率豪爽，十几岁就出来唱歌，游走东南亚夜总会。

当年年轻气盛，和张艾嘉争当红小生金川，没有争赢。为了气前男友，一怒之下就当了脱星。脱星也没什么，19岁就认识了有妻有子的采蝶轩老板梁廷斌，也算是强悍的小三，21岁快快乐乐去英国做了梁的新娘。

"没读过什么书，不懂英文，去英国生活自然不习惯。我想生小朋友，但他已结过一次婚，本身已有小孩，自然不想再生。我也有过两次，都没有要。"文化差异加上两次堕胎，身心受创是必然的事。对方大她一截，两人思想根本南辕北辙。"归根究底是自己太年轻，把婚姻幻想得太完美，以为只要把老公服侍周到就无问题。我是那种会斟茶递水、连拖鞋都会拿给老公的人，但这些工作，其实宾妹都能做到。"

事后金燕玲反省，最大问题是迷失自我，所以一直不快乐。"我戒烟，不是因为知道吸烟不好，只是纯粹为了迁就他。他不喜欢的，我就不做，渐渐完全没有了自我。当一个女人连自己都迷失了，试问又怎会有趣呢？还怎么去吸引男人？"

三

1981年，27岁的她拿着前夫给的40万再回香港谋生，正值盛年，拍过不少好戏，但还是一门心思想结婚。

皇天不负想嫁人，1989年，她怀着女儿嫁给了在英国开律师行的Robert Wong，立即息影，跑去英国当全职太太。当年算是风光大嫁，名流云集，报纸上是林青霞和当时的男友秦汉到贺的照片。人人都以为她嫁得好，过的是少奶奶养尊处优的生活，谁知有苦说不出。

婚后第二年已知不妙，律师老公有第三者，她忍气吞声过了15年。离婚时候近乎净身出户，那时已年近五十岁，回香港连住的地方都没有。一切从头开始，还要借住朋友家，"离婚离得非常丑陋"，有三年她得了严重的抑郁症，"非常严重"。

从2005年起，狗仔队就经常拍到她与著名的饮食节目主持人苏施黄在一起，开始她不承认，后来变成默认。苏施黄更接受采访，发表爱的宣言，声言十年之中要赚十亿，确保爱人下半世无忧，"如果我死了，也不希望金小姐生活质量下降。我当然想她下半生无忧。"

这位豪爽的主持人甜丝丝地说她们现在的恩爱生活："我说过要让她一辈子都开心,我们每晚都会问对方:'你今天过得开不开心呀?'很奇怪,这五年从没出现'不开心'……她现在经常去玩,最喜欢的就是跳社交舞和打麻将。如果换以前我会发脾气,但是现在我会跟她说:'玩得开心点!'这后面就是爱。"

"我很介意别人怎么看我,我从来没想过最后会和一个女人一起生活,但阿苏感动了我。我衷心想说,疼你的人,无论是方、圆、黑、白,都没分别。"接受采访的时候,金燕玲坦率地说。

四

是啊,命运真的很爱开玩笑,让一个十足的旧式女性得到一个这么新式的结局,她大半生都在找男人,可是过得不算开心。如今的她终于有人照顾,平时喝茶跳舞,偶尔拍拍戏,冷不丁还得个金像奖。可是呢,这个照顾她的伴侣,最后居然是个女性。

怎么说呢?生活是最好的老师,总会给我们展示最多的真相,求仁不得仁,阴差阳错,有时也未尝不是一种幸福。

最有趣的场景是,第35届金像奖颁奖典礼上,金燕玲和当年的情敌张艾嘉同场,谁能想到这两个女人三十几年前曾为一个男人争得不可开交?如今张艾嘉是影坛大姐,而金燕玲亦三度夺金,两人先后上台,一人领奖,一人颁奖,互相为对方拍掌,而那个叫金川的男人,谁还记得他?

星沉海底当窗见,雨过风清且徐行。真正成熟女人的世界,男人真的不算什么。

选择

Life is a
Sunday morning

真正勇敢的人生不是别的，

正是允许自己以自己喜欢的方式过一生，

也欣赏与自己不同的人用他的方式度过一生。

Chapter 6

**这一生我喜欢的人不多，
但你是其中一个**

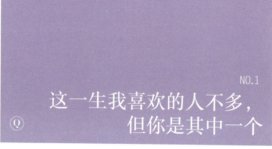

NO.1

这一生我喜欢的人不多，
但你是其中一个

看到《极速风流》这种片名，相信任何一个文艺青年都得皱皱眉头，这都什么跟什么呀。但周三那天正好没事，我和我友抱着必看烂片的心情，在一个落着瓢泼大雨的上午坐在了电影院。

整个观影过程的身体语言从歪着顺手瞄一眼手机，到正襟危坐，再到愣在当场沉默半晌，最后居然让我赚到了一顿免费午餐。我友眼含泪水严肃地说："呀，佟佟，我必须请你吃水煮鱼，你带我看了这么好的一部片子。"

一部根据两个上世纪70年代F1赛车手的真实生活经历改编的运动片让两个资深文艺女青年激动不已，想想这是什么概念——让女文青激动必须得谈人生啊。《极速风流》之所以让我们这么激动还愿意出钱请人吃饭，全因为它就在谈人生啊。这是一部披着赛车片外衣的纯正的传记片，而且在谈得一手好人生之外，还谈得一手好八卦——

原来F1世界冠军的名模妻子居然还插足过理查·波顿和伊丽莎白·泰勒，这真是八卦到舍我其谁啊？

这是我看过的近五年来最好的商业电影，当然前提是你得忍耐它前15分钟有关赛车的无聊轰鸣（可能男观众会很喜欢这种轰鸣）以及男主角的难看，忍受完这些之后，你开始渐入佳境——简单地说，这是两个性格截然不同的绝顶好手F1争雄（所以英文片名叫《RUSH》）的故事，故事以怪咖尼基的视角展开。

尼基是出身奥地利的世家子弟，就是长相挫一点，他的家族盛产政治家和哲学家，最低也是商人，但他天生钟爱机械，他搞掂他高贵的妻子就靠了这一手，仅凭着屁股和耳朵他就断定他老婆的新车要熄火。正因为对车的性能与改装了如指掌，仅凭着这一绝活，当年法拉利车队的车神就指定要他加入车队。而他的死对头詹姆斯则是一标准英国纨绔子弟，金发碧眼，帅到没天理，玩儿的都是心跳、姑娘、好酒、性，当然还有赛车。

两个人狭路相逢，从业余比赛斗到一级方程式，互相瞧不上。怪咖尼基生活节制，头脑缜密，重视家庭，比完赛马上回家，把过于幸福视为不安，把过于享乐当成罪恶，绝对不超过20%的冒险率是他的名言。而性爱高手詹姆斯则生活放荡不羁，座右铭是：Sex, Breakfast of Champions（性爱，是冠军的早餐）。他在业内最出名的事迹是曾经有高达5000个性伴侣，人生最辉煌的战绩是1976年他在东京希尔顿两周内接待了33名英航空姐，因为他的房号是33。

事实上，在和尼基的较量里，詹姆斯始终处于下风，论稳定，论技术，论靠谱，论心理承受力，他根本就没有机会当冠军，但他运气好。1976年，尼基在比分遥遥领先的情况下因伤退赛，詹姆斯敢于冒险，终于在大雨中拿到了他的第一个也是唯一的一个世界冠军。而全世界仍然把敬佩的目光投向了尼基，他在严重烧伤40天后，重新出现在比赛场地，凭着坚强的毅力获得不可思议的第四名，显示了一个男人在竞技中最惊人的顽强与勇气，虽败犹荣，也让同行们视他如神。

本来整个故事完全可以到此为止，敬业靠谱的成功者永远好过任性胡为的冒险者，但编剧高超的技法让整个故事的格调发生了最庞大的升级。当詹姆斯获得冠军之后乘着私人飞机全世界疯玩的时候，两个宿敌发生了一段对白。

落败的尼基问詹姆斯为何还不去训练，投入下一年度的比赛。詹姆斯说冠军得一次就可以了，因为生命是享受过程，而不是结果。如果你不在胜利后尽情享受生命，那么生命的意义何在呢？

果然，他也用他短暂的45岁生命全面实践了他的人生观。他没有婚姻，独身一人，在美酒与姑娘中穿行，改行当了电视评论员。一度投资失败，潦倒到光着脚骑自行车，需要昔日的对手赏一顿饭吃。年纪轻轻因为心肌梗塞而去世，真称得上一个现世的失败者。

而尼基呢？则一丝不苟地坚定地夺取他想要的各种胜利，他是1975年、1977年、1984年三届F1年度冠军，退役后仍然是F1举足轻重的大佬，当过捷豹车队的总经理，最后还华丽转身成了航空大亨。现在还活得好好的，是绝对的人生赢家。但就是这位人生赢家却在老对手去世多年之后，说了这么一段意味深长的话："我这一生喜欢的人不多，但詹姆斯是其中的一个，他也是我唯一嫉妒过的人。"

我想我不是唯一为这句台词震动的人，原来在真正的成功者内心，他们也一样渴望着成为另一种人：风流放荡，随心所欲，为一丁点所爱付出昂贵的代价，快意人生，纵情江湖，随波逐流，一点也不老谋深算，一点也不志在必夺，一点也不在乎结果。这真让人羡慕，因为这对制订严密计划，誓要夺取胜利的人看来是多么的自由，然而只有最勇敢的人才承认他们对他们是如此的嫉妒。

我想任何一个求知欲旺盛、智商超过100的人都绝不单单满足于找和自己三观一致的人做朋友的，那样的人生多闷。可能找到和自己完全不一样的人，又能成为好基友，那是多么难得的事情，就算这样，维持的时间也十分有限。就像当年张爱玲与炎樱好得跟连体婴似的，但当女作家异国流离之际，旧时闺蜜的热闹就变成了世故，聪黠就变成了精明，任性就变成了自私，孩子气和真实就变成了无情和炫耀，好基友形同陌路。

以至于后来嫁给大富翁的炎樱写信询问张爱玲："我不知道我做错了什么，使得你不再理我。"其实她没有做错什么，炎樱还是从前的炎樱，只是张爱玲不再是从前的张爱玲了，她再也没有能量去忍受好基友飞扬的自我。尽管从前她正因为这而欣赏她。

一段基情之难在于时间与人物都要对，本来一个人要欣赏与自己完全不一样的人，就不是一件容易的事，还要两个人同时欣赏，这就更难。事实上，它对于人的要求也极高，要有极开阔的心胸才能欣赏与自己截然不同的三观，也要极有能量的人才能敢于拥抱另一个完全不同的世界。

我们读过无数鸡汤，每一种鸡汤都要求我们抛弃失败，走向成功，但尼基这一番既谦逊又骄傲的表白却峰回路转地触到了人生的某种边界：人生没有绝对的好与坏，世界上有不同的人也有不同的三观，我们都得允许它的存在。

生而为人多么渺小，我们渴望胜利，恐惧死亡，迷恋爱意，向往自由，但哪一种选择都是命运。

真正勇敢的人生不是别的，正是允许自己以自己喜欢的方式过一生，也欣赏与自己不同的人用他的方式度过一生。

个人的存在恰如茫茫宇宙中孤独的星球，可以欣赏别的星球的美丽，并遥遥地致上敬意。因为你是我不能到达之处，那不正是我们漫长星际旅程里既寂寞又温暖的一刻吗？

所谓好基友就是：你和我如此不同，我得承认你有时让我恼火，有时让我嫉妒，这一切都不能改变的事实是——我这一生喜欢的人不多，但你是其中一个。

NO.2

Q 我们果然没有喜欢错人

标志着台湾娱乐盛世的综艺节目《康熙来了》终于叫停，蔡康永请辞，小S如前所说，两人共同进退。浮华世道，唯独他俩还真有同生死、共患难的劲儿。一个问题慢慢浮上了我的心头，那就是为什么小S与蔡康永有如此超越同事、超越男女的深厚情谊？

一般来说，一个节目的男女主持通常关系都会不错。毕竟一起战斗那么多年，说起来也是利益共同体，亲密战友那是肯定的，所以就算到了现在，倪萍见了忠祥大师还是会调侃，李湘见了何炅老师还是会拥抱，但像蔡康永这样12年来对无亲无故的小S无限宠溺，而小S则对康永哥无条件信任，事业共进退的CP，以至产生了"一种不用结合的亲密关系"的关系，还真是让人拍案称奇。他们俩已经好到人神皆知，网上甚至还出了个语录：《蔡康永到底有多爱小S》。在各种视频里，蔡康永多次表示唯一可能发生亲密关系的女性就是小S，她是他在这个世界上最爱的女人……

就算私底下，他们也算是最亲密的朋友，她酒醉后会打长电话给他，他可以吃她嘴里吃过的东西。甚至，她生下女儿，他把她女儿当成了自己的孩子，写了一本情真意切的书《有一天啊，宝宝》……这些，以我对高冷的康永哥的了解，不是真爱还真是做不到呢。

有人一倾盖如故，有人久坐如陌路，为什么唯独这两个八竿子打不着的人中间产生了真爱？在看过大量视频与资料之后，我终于模糊地明白小S与蔡康永为什么可以这么好的原因，因为小S就是蔡康永寻找的另一个世界呀。

康熙迷都知道，小S是康永挑上的，因为看了她主持的节目，蔡康永点名要她来。这当中当然有节目的需要，蔡康永曾经说道："读书自由、私密，自说自话，自己往火坑跳，一切激动暗中发生，而电视要求热闹、直接、一切公开，两个经验很难叠在一起。"一个读书人要融进一档俗气热闹的节目里，他需要一个介质。这个介质一上来就给他惊喜，一屁股坐在李敖的身上，吃起了男人的豆腐，一下让他那太过书生、太过讲学问的味道明丽性感起来。小S曾经用她语不惊人死不休的S语坦率地剖析他们之间的关系："我是康永哥带出来的，应该说我是他养的一条狗，需要我到前面做做声势时，我就吼一吼。需要我乖乖听话时，我也会很乖的……"

事实当然没有这么残酷，只能说大家是如此的不同，蔡康永是上流阶层的公子，小S是草根阶层的少妇；蔡康永是知识分子的高蹈，小S是世俗男女的旷达。他们虽然只是一对男女，但他们的身上有彼此不能达到的部分。而同时，他们又是如此优秀的一种人。

柯勒律治说过伟大的脑子都是雌雄同体的。康永和小S都算是雌雄同体的人。蔡康永不用说了，兼具男性的宽厚、睿智与女性的细腻与深情，而小S看上去虽然女人得不得了，但她的进化史里可是不缺少硬朗义气的那一部分生活。如果不是，她怎么可能逃脱那苦楚的恋情，来一个完全大变身，成为坚强独立的台湾第一女主播。就因为他们的雌雄同体，他们在同一种关系里凝结了四种不同性的关系，男男关系、女女关系、男女关系、女男关系，而每一种关系都如此牢固和不可分离。

有时候他们是大人宠溺小孩，哥哥宠溺妹妹的男女关系；有时候他们又是母亲照顾敏感儿子，姐姐守护弱质弟弟的女男关系；又有时候他们是男人与男人并肩作战，联合杀敌的男男关系；有时候又像是青梅竹马的闺蜜，就像你常常可以见到的同一个班的两个女生，一个是成绩颇好性情清高的好女孩，一个是佻傥不羁功课烂透的小飞妹——一个是虽然你很可爱，可是你没我有文化；一个是虽然你有文化，可是你没有我漂亮，大家都待在自己舒服的位置，永远不会看对方不顺眼，永远不会嫉妒，因为大家都喜欢对方身上那自己没有的那一部分。

心理学家武志红说："好的关系让我们展开人性的每一部分，每一部分我们都愿意与对方融合，这是人生最棒的体验。"你看，小S和康永就达到男女关系的最美好的一种境界，除了没有性关系。但性关系多庸俗，而且和哪个异性都可以有，唯有知己难求。

就为了这个，我们也要感谢《康熙来了》。

活着，爱着，美好地活着，真诚地爱着，真好，不是吗？

NO.3
欢迎来到女性创业时代

2015年，是我人生中最快乐最顺畅的一年。那一年我出了一本书，书卖得不错，爱了一个人，赚了一点钱，还做了一个公号。总之一切都很顺，有记者采访我，说你创业成功了，从纸媒人变成自媒体人了？我当时还呆住了，说我哪有创什么业了，她说你不是和蓝小姐做了一个公号吗？这个公号就是创业啊。

直到这时，我才知道我赶上了一波创业的大潮。那一年，怎么说呢？似乎是一个分水岭，纸媒纷纷倒闭，周围的人要么回家生二胎了，要么就创业，身边几乎所有的人都在创业或者谈论创业，而且奇怪的是，几乎都是女性。

我的天使厨娘美淇则天天在思考如何量产她独家自制的一种牛肉酱；我的偶像金杜则一直在做她的精品酒店，而且还拉到了风投；我喜欢的诗人丹萍在做一个叫美黛拉的美容知乎；我的朋友龙吉在卖她的化妆品；有一次我在方所碰到久没露面的朱哲琴，我不知道在她唱完"有一个女孩，她曾经来过"之后到底去干了什么，但在方所的大喜日子里，朱老师讲的却是她自己的创业项目——原来她做了一个叫"看见"的品牌，专门做手工品。甚至我们景仰的不食人间烟火的杨丽萍老师，不但开了自己的淘宝店，而且还做自己的家居品牌；甚至我妈，我亲爱的快要七十岁的妈，在黄爱东西老师的撺掇下也准备创立一个卤鹌鹑蛋的牌子，"十块钱一瓶，一瓶二十个，你说别人会不会买？"她兴致勃勃地问我……我感觉压力很大，因为我家厨房炉头不够多……

身处这个大时代，你总能遇到一些你想也没有想过的事，就算在十年前，谁能想到我和我的闺蜜间的话题会是创业呢，难道不应该是男人和感情，失恋与保湿，新衣服与旧爱情吗？而就在一个北京的上午，我和我的两个单身女友的话题分别是：健身、人生的意义以及"公号的运作"。

某种程度，我想我们也许进入了一个非常伟大的时代，一个对于女性非常伟大的时代。

在这个时代里，互联网像一场汪洋大水席卷到了每一个人的脚下，让每一个人，不分男女都面临着同样的危机，以及同样的机遇。性别已然被生产力极大地忽略了，甚至学历、出身、长相、年龄，通通已经不在话下了。大家都生活在一个虚拟的网络社会，每一个网络ID都在凭着他们的产品说话。他们凭着他们的产品建立口碑，形成网络，购成销售。人们愿意为他们喜欢的任何东西埋单，因为他们喜欢的东西构成了他们人生的品位以及标签，而任何人也都可以成为这消费社会的一部分。只要你够聪明够努力，你都可以在这样的一个全面开放、全员共享的社会里成为一个创业者。

一个最简单的例子就是，我一个热爱组织妈妈会的朋友喜欢做手工蛋糕，她做的那种手工的榴莲蛋糕卖100块钱一条，似乎也天天卖个精光。出于对她人品的信任以及用料的信任，中产阶级妇女们愿意出一个稍贵一点的价格。她把她的那些蛋糕放到一个寄卖点，就算一天做十条也是一千块钱。作为一个主妇，这似乎也是一个不错的收入，更何况，她肯定还不止做十条。

网络时代，对女性最大的利好就是创业这件事已悄无声息地来到女人的手边，已经没有了太多门槛和太多掣肘，需要的只是你尽情发挥自己的才智。当然它也对人，不论男人女人，建筑了一个最高的门槛——那就是你得成为一个有生命力、有创造力的人，你必须创造出自己独特的产品，同时也必须创造自己的独特的人生。

欢迎来到女性创业时代，它并不纯真，也一点不简单，我们会在早上7点吃早餐，尽可能地忘记所说过的誓言，我们把自我保护与完成交易当成我们的人生平稳的最低准则。

爱神或许如同从前一样，会弃我们而去，但我们创造的命运将与我们同在。

NO.4

伤心的时候，就奔跑吧

在网上读到一则新闻，说美国佛罗里达的一名大厨叫Ara Gurcghian，67岁那年，当他的母亲和独子去世后，他就带着他的狗上路了。狗的名字叫Spirit（中文译作精神，或者灵魂），是一条斗牛犬。在它只差一天就要被人道销毁之际，大厨把它救了。一人一狗一起走了十年，穿越了30万英里，游遍了美国。

他的金句是："Having the motorcycle sidecar and Spirit, there was nothing to lose while becoming a nomad（只要有了翻斗摩托车，还有我的狗，流浪天涯的人永远也不会失去任何东西）。"

这句话虽然听起来平平淡淡，但是听完让人心头一震，如果你也曾经尝过失去所有的彻骨绝望，你就听得到这句话后面那巨大的心碎声。

这个世界，有一些人喜欢永远在路上。有一年，我在清迈遇到一个叫老李的男人。我们当时找了一个地陪，那天恰好地陪没空，于是派了他一个闲着没事做的朋友来陪我们，这个人就是老李。

老李号称香港人，穿着一双白色的破拖板鞋，操着一口流利的英语，总是很淡定的样子。他随身拎着一只破了边的吉他包，勾着腰，永远很谦卑，看不出年龄和职业。他有一种说不上来的气质，很无产阶级，又很流浪，很豪迈，也很落寞，是一个让人看不清来路的人。后来我们和他聊天，才知道，他原来是广州人，是那种很聪明很有志向的广州人。上世纪70年代就玩布鲁斯，听爵士，学英语，那时广州的有志青年都向往去香港。

1978年，他九死一生跑到香港想开始新生活，可是一个没有任何依靠的内地人在香港立足也难。他做过洗碗工，做过餐厅服务生，也做过夜总会的boy，到后来也做过经纪人，然后终于娶妻生子，渐渐有了一点钱之后，还回广州当过港商。上世纪90年代他发过财，但生意总有起落。到四十多岁的时候他突然醒悟了，觉得为钱营营役役的生活没有意义，于是开始全世界流浪。等到儿子参加工作可以负担家庭后，他更是连年也不在家里过了，成年地在外面晃荡，也不是旅行，就是要那种在路上的感觉。

像他这样的人，大理和清迈有很多。在普通人眼里，他们简直异类到飞起，五十几岁，还穿黑背心，弹吉他，无所事事……

"家人都不理我，我的朋友也不理解我。我也不知道为什么选择流浪，就是觉得在路上我才快乐。我这大半生尽力做一个正常人，现在儿女长大，又留了钱给妻子，我尽了我的责任之后，是不是也有权利追求自己的快乐呢？"他对我们说。现在，我还是几乎天天可以看到他在我的朋友圈里秀他的每日行程，今天到伦敦，明天到曼彻斯特，最近这次是坐七小时火车去美丽的克罗地亚，微信上他的名字都叫作"孤独吉他人"。

以前有一位曾经喜欢过的女明星，为什么喜欢她呢？因为她长得极有气质，明明一双小小的眼睛，可是偏偏有一种冰雪的气质。其实她在上世纪90年代曾经红极一时，当年她倔强、固执、坏脾气加烂演技，可是导演偏偏争相用她。因为她什么都不用做，站在那里就已然是张爱玲笔下的清丽女子，但到了20世纪90年代末，她突然就从影坛消失了。后来她接受采访的时候说，她开始了一段长达十年的流浪生活，暴走，流浪，一个人背行囊，住民宿，去新疆、希腊、匈牙利、西班牙、北海道、济州岛，"用最简单的语言——smile，去了解不同地方的文化，跟当地的人一起生活"。

她不说我们也知道，那些年她过得颇不如意，青春易逝，事业开始不顺，与相恋十年的男友也分手了。

黄碧云有篇写女子失恋后状态的文章。

"我的生活尤其幽暗，近视益发加深。戴着不合度数的有框眼镜，成天在课室与图书馆间跌跌撞撞。我开始只穿蓝、紫与黑，戒了烟，只喝白开水，只吃素食。人家失恋呼天抢地，我只是觉得再平静没有，心如宋明山水，夜来在暗夜里听昆曲。时常踩着自己细碎的脚步声，寂寞如影。抱着我自己，说：'我还有这个。'"

有些人心碎之后可以飞快复原，有些人心碎之后却断然委顿，有些人心碎之后开始在路上狂走。用凯鲁亚克的话，为什么要在路上，那是因为除了要蔑视外界给你设定的规范外，还必须勇敢地挣脱出内心的软弱与安逸，如果不能迎面直立，那就飞奔吧，这也算一种治愈——如果这世间真的有冶愈的话。

听说在女明星流浪的这十来年里，她偶尔也去演演戏，但那更像是一种找旅费的打短工。她花了很多很多时间在路上，她的旧相识不解地追问她不停奔波在路上的原因，她说她要追寻生命的意义。她是真的想放眼看世界，她是真的过得很舒服，"愈看得多、知得多，愈会令自己感觉实在，一天一天地过，怎样令每天都过得不同，这是很重要的。"后来，她终于停了，她找了一个平凡的男人结婚生子，成为了一个平凡的主妇。

在路上，并不代表什么，可能什么用也没有，仍然和大多数人的结局一样。可是没什么，至少我们走过，因为那时我们真的不知道怎么走了。在路上，是当时最好的选择。热爱威士忌的马男波杰克有一段金句深得我心：波杰克，当你伤了心，就奔跑吧，一往无前地奔跑，无论发生什么。你的人生中会有人想要阻止你，拖慢你，别让他们得逞。不要停止奔跑，不要回顾来路，来路无可眷恋，值得期待的只有前方。

"我们非去不可，在到达之前，永不停止。"

NO.5

当女人们住在一起
这意味着什么

　　记得好几年前，看到一本书，说到菲律宾女性为什么可以出去帮佣，她们的小孩谁照顾的问题时，书上说因为菲律宾社会一般是大家庭制，一个家庭生下的孩子大家一起带。类似几兄弟都生了孩子，如果其中有一个媳妇出去打工，那么她的婆婆或者妯娌弟媳就会帮她带孩子。实在不行，丢回娘家，她的妈妈这一边也有一大帮女性长辈和一大群孩子生活在一起。当时就惊叹：这还真是母系氏族的过法。

　　时代跑得比人快，特别在中国，在中国的发达地区，女性消费能力比较强的地方，比如杭州、成都等地纷纷推出了女性专属的楼盘，名目繁多，"女青年公寓""女神社区""女性主题酒店式公寓"，其实说白了，就是俗称的女生公寓。

　　女生公寓有什么好呢？当然是安全、细腻以及完全的女性化，你想得到的各种粉红泡泡的装备在这里可以理直气壮地用起来。比如粉红的马桶垫，你没见过吧？我就在一个单身女性的家里看过，我想象了一下跟她回家的男人应该会被那粉嘟嘟、毛茸茸的东西萌出一脸血吧……有家女性主题酒店式公寓甚至连保安和服务人员都得是女生，如此，这里还真可以称得上女儿国了。

扒开那些香艳的想象，我关心的是为什么地产商会不约而同地选择纯女性的楼盘？

当然是因为女人有了钱。

毫无疑问，商人是我们这个时代里最敏锐的一群人，从单身女性购房的大数据来看，房地产商已经明显感觉得到某种族群的巨大的购买意图以及经济实力。

我的朋友圈里，单身女性，特别是优秀白领精英以及金领是最舍得为自己所爱埋单的。有人喜欢旅行，有人喜欢首饰，有人喜欢名牌，有人都喜欢，但在这些之前，她们都无一例外为自己买了房子，至少一套，全多的就数不清了。而经济实力不如她们的另一群中级白领的女友，也多半在父母的帮助下置了业。

这大约也是中国独生子女政策下特有的景况，既然目前的婚恋以及法规状况让女性们已经无法在传统的婚姻中找到安全感，那么婚前给自己的女儿买套房子是立于不败之地的最佳选择。

有数据显示：中国大城市中女性购房消费者有15%为单身女性。有钱的和不那么有钱的单身女人拥有了自己的房子，实现了女性主义鼻祖弗吉尼亚·伍尔芙小姐的金句——"要想方设法拥有一间自己的房间，拥有自己的钱财，允许你去旅游，无所事事，去思索世界的未来或过去……这是一种活泼的生活。"

当女性独立，拥有强大经济能力的女性可以拥有自己的房屋时，这已然代表着男性供养女性制的完全崩溃。有了自己房子的女人可以淡然说道："我没有必要取悦男人，他不能给我任何东西。我没有必要敌视男人，因为他无法伤害我。"

独立是第一要义，对于女人来说，而当这个实现之后，一帮女人一起拥有房子，住在一起，这又意味着什么？是好是坏呢？关于这个问题，我专门请教了一个研究女性主义的朋友裴谕新教授，她大笑起来："独立之后就是团结啊，这当然是好事啊，这意味着单身女性的经济独立，也意味着单身女性在主流社会大量存在的现实状况，更意味着女性之间的姐妹情谊（Sisterhood）得到认可和彰显。"

什么叫姐妹情谊（Sisterhood）？

"你看过迪士尼动画片《冰雪奇缘》，当呼风唤雪的姐姐艾莎被人当成怪物时，挺身而出的不再是白马王子，而是她的小妹妹安娜，'她是我的姐姐，她永远都不会伤害我！'你注意到没有，就连在动画片里，拯救女人的也不再是王子了，而是你的姐妹和你自己，这就是姐妹情谊。"

是啊，这不是很有趣吗？连最好传统的迪士尼童话也在彰显女人友谊，不再渴望王子来拯救自己了。从前童话里的女人总是幻想男人来救自己，现在的女人醒过来了，发现能救自己的只有自己，而姐妹成了比男人更靠谱的存在，而女性住在一起则让这种扶持与团结更具有实用的价值。

我想起从前看过的一部法国电影，三个情如姐妹的巴黎单身女人一直情路坎坷，最后有两个成了单亲妈妈，一个成了事业女强人。

后来她们干脆住在同一幢公寓里，当其中一个姐妹需要去跟男人约会时，孩子就寄到另一个姐妹那里去，三个女人都是妈妈。

最后的结局很欢乐：男人来来去去，女人生下孩子，可是分手却没有悲情分分的痛苦。男人们经常回来照看他们的孩子，女人们照常生活，爱情是短暂的，但是家永远都在。

"这算是某种母系氏族的生存方式吗？"我问裴教授。

教授笑了一下："不知道呢，存在总有理由，大家都在时代的潮流里，将来的事谁说得定呢？尽量让每一个人都更快乐更自由总归是好事，你说是吗？"

我愣了半天，突然就高兴起来，有幸生活在这伟大的时代里，也是很有趣的呢。出现了买房子的女人，也出现了买房子住在一起的女人，这后面有什么意义也许见仁见智，而我喜欢的是这一句话："闺房的门猛然敞开了。每位妇女的钱包都有，或者可能有，一枚崭新的六便士。由于它，每一种思想，每一个眼光，每一次行动都有了新意。"

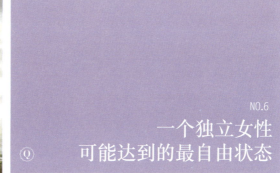

NO.6
一个独立女性
可能达到的最自由状态

有一次参加腾讯视频《夜夜谈》，杨锦麟老师突然问了我一个问题："佟佟，你采访过那么多女明星，其实你最欣赏谁？"

我想了半天，说："徐静蕾。"

为什么是徐静蕾呢，论美貌，论成就，论才华，她一定不是女明星里最出挑的，但我就是欣赏她。我欣赏她的长相，也欣赏她的味道，当然，更重要的是，我欣赏她的活法。

她的活法没什么出奇，也就是一路跌跌撞撞地长大，真实，偶尔也有些任性。年轻时犯二，傻过，没少干糊涂的事儿。19岁为了某人差点要跳河自杀，二十多岁和王大师那场轰轰烈烈、惹人非议、持续多年的感情纠葛，也曾是一门心思在爱情里要生要死的北京姑娘。但和那些终身都在犯糊涂的文艺女青年不一样的是，她没有在爱情里摧毁自己，反而硬生生在悲剧里把自己活成了励志喜剧，从楚楚可怜的一个小女人活成了响当当的大女人——戏一直拍着，博客女王也当过，绯闻队伍更是从王朔传到三宝、张亚东、高晓松、韩寒、黄觉……一溜数下来都是响当当的才子。

　　眼看到了40岁关口，居然越发的春风得意：想休息两年就休息两年，想工作就工作，导演当着，闺蜜玩着，身材瘦着，脸上依然一副少女的样子，偶尔还在微博上理直气壮地晒晒和小男友黄立行的恩爱，"五年没红过脸更没吵过架，也算是不得了了吧。对的人，就是让你变得更好的人。"想想看，在30岁就被称作剩女，着急忙慌地嫁人，嫁人之后急着打小三的中国女性中间，徐静蕾真是活成了一个典范，一个绝对的人生赢家。

　　当我把我的想法写在微博时，想不到居然有一大票人冲上来骂："哼，这个绿茶婊。"

　　和林徽因一样，徐静蕾们都有许多不离不弃的男性好友。在许多人的心里，这些女人极富心机，攥了一把男人在手心里玩……且不说谁玩谁的问题，单单是骂人绿茶婊我就觉得这简直是世界上最low的一种骂法，男人骂尽显自己loser身份，女人骂则更显小肚鸡肠——你就是没有人家情商高，没有人家漂亮，没有人家行走江湖的实力，这么急火攻心出来混什么？最简单的例子，世人都说王朔塑造了她，这么多年对她一直不离不弃，《我和爸爸》《一个陌生女人的来信》《梦想照进现实》都有王大师的身影，但稍知内情的人都知道，王大师这些年还真是幸亏有了静蕾妹妹照顾——男人都不是傻子，聪明的老男人更是，谁对他好，谁仁义，他们心里都有数。

　　我倒是觉得当一个女人不再要死要活，非要绑在一个男人身上赖上下半生，在婚姻里实现自己的价值，反而和男人站在同一个高度，和他一起面对长风猎猎的人生……这时不管她是不是前女友，任是哪个男人，心中对她都会有一份敬重，王叔这句"我死后，财产都留给她"里是有感激的。

前几天，南都娱乐周刊邀请我和徐静蕾做了一场对谈。

在微信聊天里，我看到一个聪明、反应机敏的女明星。在某种程度上，我觉得她更像一个女性知识分子，有着自己完全而健康的人生观、价值观，对于几千年来绑定女人的规则，她根本不屑于讨论。"啊，延续香火，我真是十几年没听过这些词了。"她哈哈大笑。

对于人生，她已参透，对于那些捆绑女性，让女性焦虑不已的男性社会的规则，她的话掷地有声："让他们在自己的规则里玩吧，我们不奉陪。"

男性社会有男性社会的规则，既然是男性社会，那些规则当然偏袒于男性，如果女性要在男性制定的规则里获得幸福，就像在不平等合约里想要赚大钱一样，多半是痴心妄想。可是时代进步，文明时代，当你有了和男人同样的受教育的权利，自由思考的权利，为什么要傻乎乎地用那些男性社会腐朽的价值观束手就擒？为什么不去试着掌握自己的命运？

徐静蕾并不完美，可能离那些真正强大的女性还很远，但是她之于中国女人的意义就在于，她展示了除了迎合男性外的另一种强大女性生存的可能性，她用她自己的真实生活告诉我们一个独立女性可能到达的最自由的状态。她们聪明智慧，她们努力成长。她们用一双手创造出自己的世界。她们辛勤工作、努力打拼，不埋怨、不纠结、不妥协，努力成为自己世界的主宰者、爱的追逐者。看到这样的女性，我们不应该为她鼓掌吗？

NO.7

玫瑰玫瑰我爱你

据说，最伟大的感情就是无怨无悔地爱着对方，爱是永无止息，爱是永不退缩。

也许有吧，但那基本是上帝之爱，但对于大部分人来说，这种感情的可操作性和可持续性很值得怀疑，特别是在看了电影《意》之后。

我当然是因为陈冲去看这部电影的，开始不明白为什么陈冲会去演这部片子，但后来看完才觉得这电影实在太残酷了，因为真实而显得格外残酷。这部电影讲的是一个叫玫瑰的中国女人的故事，改编自澳洲作家Tony Ayres所写自传体小说，如果你够细心，会在电影的最后面看到一行小字：献给我的母亲郭淑华。

无论是郭淑华也好，玫瑰也好，故事是关于一个失败的母亲的故事，视角当然是儿子看母亲的视角。

　　《意》里面几乎没有好人，唯一的一个好人就是比尔，玫瑰的男友，远洋轮水手比尔无怨无悔地爱上了一个中国歌女——玫瑰。在什么情况下爱上的呢？是在玫瑰走投无路的时候爱上的。玫瑰本是个中产阶级淑女，她毅然与自己的小叔子私奔，但小叔子没什么生存能力，玫瑰只好以唱歌谋生。当她发现怀孕后，小叔子无力扶养又无脸回家，只好上吊自杀。于是玫瑰就带着两个没有父亲的儿子从上海唱到香港，认识了比尔。

　　比尔的爱真是无边无际，他爱上了这个浪荡的女人，正式和她结婚，哪怕一周后她就带着孩子失踪了，哪怕她背着他养小白脸，他都是她永远的彼岸。

　　电影里最动人的一幕是玫瑰实在混不下去了回到墨尔本，比尔笑容满面在码头迎接他们的情形，这个男人手中捧着的一束玫瑰放出神圣的光来，象征着这世间那无私、忘我、不计回报的爱。可是，就算是这样的爱，也留不住玫瑰。无论她混得多么惨回来，只要她一到比尔的身边待上两个月，她就像一头困兽一样狂躁不安，她要出走，她要偷情，她要去爱别人。后来她竟然爱上了一个餐饮小侍应，而这个小侍应居然最后又看上了她的女儿，玫瑰发了狂，要杀人要自杀……

　　作为观众，很多时候都想说一句话，哎，玫瑰，你为什么不消停一点，但如果她消停一点，也许就没有这么多故事发生了。这世界有一类人负责折腾，有一类人负责收拾残局，折腾的人永远折腾，而收拾的人永远收拾，那些折腾的人永远可以找到收拾残局的人，而那些收拾残局的人永远会爱上折腾的人。

　　玫瑰之所以要折腾，大约也是受不了那永远正确的老好人比尔吧。就像很多人不明白，明明近似于圣母的完美女人的老公要去偷腥，原因很简单，因为在这种博大的不求回报的爱里，没有人是待得住的吧！如果你是个好人，只要你一天在这种爱里待着，你就无比羞愧，你就得告诉自己你是一个最无耻的人，你永远欠他的。在两人的关系里，你永远是二等人格——谁愿意在一个有道德优越感的伴侣面前讨生活；如果你是个坏人，这永远没有挑战性的对手也是不欺负白不欺负吧。

我想这世间真正能够长久的感情，大概都像跷跷板吧，追求的是动态的平衡。

最完美的一种境界是一种动态的平衡，有时你上我下，有时你高我低，有时你进我退，有时是东风压倒西风，有时是西风压倒东风，有时你占我点便宜，有时我占你点便宜。就像一种游戏，只有实力相当，才能玩得尽兴，这就是为什么有些人会打打闹闹一辈子，却依然恩爱如故，但那种一面倒的爱情反而不长久。我记得我有个个子很小却调皮无比的高中同学，不知道为什么爱上了我们的校花。他等校花谈了无数场恋爱之后，硬是把她娶回了家，那真是含在口里怕化了，捧在手里怕摔了，可是校花仍然是不高兴的。两年之后，两个人还是分开了。是啊，就算你有力气把爱人像菩萨一样供起来，在这场跷跷板游戏里心甘情愿，小心翼翼把对方高高供起，也得人家乐意。有时候，高处坐久了的那位反而觉得无趣，宁愿跑到生活的泥淖里摔个大跟头——是啊，有钱难买我乐意。

当然，更多的情况是，人家就真的待在高处了。但是把人供起来，普通人做得了一时，做不了一世，哪有这种体力和耐力啊，能量总归是平衡的。

我记得最清楚的是，小时候有位邻居，人人都说他是个老好人，所以他长得很丑却娶了一位大美女。结婚若干年，他都待妻子如珠如宝，数十年如一日给她打洗脚水。这位美女年轻时也确实挺任性，绿帽子没少给老好人戴，脾气也顶不好。但是慢慢地，老好人到了四十多岁之后突然变得非常暴力，到了五十来岁的时候他简直像换了一个人，他对妻子现在的修身养性、回归家庭并不领情，成了一个整日对妻子拳脚相加的暴力男……

几乎没有人可以永远地付出，有一些人以为自己可以，但实际上，长年无望的付出而收不到任何回报会掏空你的内心，而这些空洞往往就成为藏纳心魔的山洞，那些心魔是愤怒，是压抑，是痛苦，是暴力……心理学常常会把这种情况归之为"老好人的末期变坏"。在一段关系里，付出较多的那一方其实隐隐总在期待回报，可是慢慢地，他会发现无论他付出多少都不能带来对方的感恩，更带不来周围人的尊重时，他就会慢慢变成一个绝望的怨女或者怨男，这些人最喜欢说的一句话是："我对他（她）这么好，他（她）却敢如此对我。"

为什么就敢如此对你呢？因为你的底线太低，因为你没有自我，因为你太想得到他（她）。因为你是一个可以为拥有对方而放弃底线的人，没有人看得起一个没有底线的人，也没有人看得起一个没有自尊的人。婚姻也好，爱情也好，感情也好，都是一种游戏，如果你不想临老变成一个歇斯底里、举世皆嫌的loser，就不要苛求自己在年轻时成为万能的圣人。一则很累，二则说实在的，你也很难做到，谁能耐得住永远等待的寂寞，谁能永远忍受对手的轻视——那些时间蚀化在你心里的那些大洞，迟早有一天会让你变成恶魔。

Tony在电影里说道：最终，母亲还是没有和比尔在一起。对于这个在感情里颠沛流离的女人，他有作为受害者的厌恶，也有作为亲人的同情，他在电影里完成了和母亲的和解，他说："Just to remember, to feel, to accept, to forgive, to love（只想去记得，去感受，去原谅，去爱）……"

人活一辈子，能干什么呢？

也不过就是去记得，去感受，去原谅，去爱吧。只是爱有很多层次，要去爱人，也要去爱自己，要学习勇敢地去爱人，也要学习真诚地爱自己。别委屈自己，也别高估自己，当你是你自己时，你才真正爱得起。

无惧 ①

Life is a
Sunday morning

人生在世，
谁都是泡沫，
可是活开了的人，天空会特别开阔。

芸芸众生之中，
你是最坚强的泡沫。

Ⓠ Chapter 7

**挺住
意味着一切**

NO.1
每个人来到这个世界
都自带粮草与地图

　　我的偶像黄爱东西有一天为了安慰焦虑的我，告诉我一个真理，她说来到这个世界上每个人都是自带粮草与地图的，你根本不用担心，每个人都有活下去的方式。

　　你看哈，有才华又漂亮的人通常脾气不好，比如陆小曼，可是人家靠着才华与漂亮照样也能活了特立独行的一辈子。不漂亮的人呢？脾气通常都好，兼极勤奋。就像我的一个朋友评价她的厉害下属：露露啊，是真的不漂亮，但是任何机会你只要给到她了，她就绝不辜负，我是打心眼里佩服她……

　　你看，人就是这样的，来到这个世界上，你总有一两件老天爷给的礼物，可能不如你所愿（通常都不如你所愿，因为人总是渴望那些自己没有的），但是如果你肯接受它，就能活出属于你的精气神。

　　秦怡老师就是如此。

在IWC万国表"For the Love of Cinema"电影人之夜上，秦怡获得了"IWC杰出电影人大奖"，94岁的她刚刚在青海高原拍摄归来，但在现场丝毫看不出倦容和疲态。

电影人之夜现场的秦怡，跟我们想象中并无差别，甚至更美。蓝小姐跟我感叹：如果她老时能有此十分之一的风度，她也就有动力活下去了。

几乎每一个亲眼看过她的人都想背诵杜拉斯的《情人》："多少人爱慕你年轻时的容颜，不过跟那时相比，我更喜欢现在你历经了沧桑的脸。"她是那种罕见的老了比年轻时还漂亮的女人。

秦怡年轻时是美女，但在重庆四大名旦里无论从外貌还是成就来说她都平平，按她自己的说法：有点胖，所以只能演婶子。

前几年沪上风传她与小她13岁的音乐才子陈钢的绯闻，若是别人也就算了，但因为是秦怡，大家又都信了，别说小她13岁，就是小她30岁，大家也觉得没什么好惊讶。"她那么美，是我的女神。"这是写《梁祝》的陈才子公然的表白。

事实上，关于秦怡的美，已经成为这世上的典故。传说上世纪30年代她在重庆有一个外号叫"孔兄"，原因是秦怡和朋友逛公园，多少人站在孔雀面前它理都不理，只有秦怡站过去，啪，孔雀就开屏了。你看，人家就是美得连孔雀都震慑了。

不说从前上小学时就有邻班男生公然逃课趴在窗户上看她，大声坦白"我在看秦德和（她原名）"，就算到八九十岁了还有男士天天打电话想和她谈心，周恩来更亲自定性她是中国第一美女。

19岁，秦怡就在朋友家的饭桌上认识了周总理。第一次见面，秦怡并没有认出周总理，还一个劲儿跟这位关怀备至的大叔抱怨自己的工作没有意思，她就是在那儿混混。

追她的人不计其数，爱慕者更是满山遍野，大学者翦伯赞宣布他要做秦怡的小尾巴，大画家丁聪也当仁不让跟着表白，大演员金山给她写情书求爱，大帅哥赵丹因为她老有豪车来接而心灰意冷，大富二代唐瑜为她赠棉袄周旋婚变，大剧作家吴祖光在和前妻吕恩谈恋爱时还拼命给秦怡写情书，多少年之后写下动人诗句，"无端说道秦娘美,惆怅中宵忆海伦（海伦是秦怡的英文名，这可是可以引发战争的名字啊）"。

但其实搁到现在来说，秦怡并不算什么盛世美颜，脸和五官都偏大，身材也略略高壮了一些，但按新中国成立初期"银盘大脸"的标准，那也能是"中国第一美女"了。

美成这样的人应该拥有怎样的命运呢？

令人唏嘘的是，纵观秦怡的大半生，似乎都与世俗女人的幸福无关。她出身富家，却热心革命，抛却平静富足的生活远去重庆西康之地，受尽战乱颠沛流离之苦，17岁就嫁给拼命追求她的第一任丈夫陈天国。

1939年在中制厂史东山导演的影片《好丈夫》中，陈天国和秦怡曾同片演出，不懈追求，尽管秦始终不同意，陈还是通过"你不嫁我，我就自杀"这类威逼手段抱得了美人归。陈天国极富天才，可惜酗酒成性，婚后喝醉了就追着秦怡满街打。

25岁时，她又嫁给上海滩声名赫赫的电影皇帝金焰，但过气男星的境遇以及风流，又让他们在短短七年后婚姻便形同虚设。1962年，失意的金焰因喝酒而胃出血，病倒在床，上世纪60年代的很多年里，她的妹妹秦文就和他们住在一起。更可怕的是，1965年，她16岁的儿子被检查出精神分裂症，没有办法，有时她演戏都得带着儿子，"演完戏还被儿子打，我只能求他别打脸，因为妈妈还要演戏。"

几乎所有知道秦怡际遇的人都为她叹息，病夫疯儿，1983年金焰去世后，她又独力照顾儿子近二十年。2007年58岁的儿子去世，此时，她已经是白发苍苍的85岁老人。

秦怡在接受采访时说过，自己一辈子有三大遗憾：没有领略过甜蜜的爱情，儿子生病，以及，没有塑造过一个真正的角色。

但秦怡并不是没有她的快乐，94岁的她依然健步如飞，头脑聪慧，白发如雪，容颜如昨。传说中那些被时间遗忘了的半人半神的人物就是她这样吧，光是一出场一亮相就让你打心眼里敬重，那穿过重重岁月却纤尘不染的属于人的坚忍，看上去永远也不老，越发像一尊真神。

是的，每个人来到这个世界都自带粮草与地图，厉害的人都把自己活成了一支军队，人人都感叹女神这一生经历坎坷，但她却笑嘻嘻地说这一生过得值得。她经历苦难，却找到自我，更何况现在一切都已过去，现在的自己是一生中最自由、最快乐的阶段。

秦怡不是一个普通的女人，她身上有一种强大的"钝感力"，对所有巨大的痛苦她都有一种过一阵才会有知觉的性格，"算了，算了"是她的口头禅。

老天给她的粮草是她憨憨的"钝感力"以及凡事不过脑的欢脱性格，所以虽然经历凡人难以想象的痛苦，但她就是有本事把自己的人生地图画得又明朗又简单。

更重要的是她的太上之忘情，不以儿女私情为意，也许因为实在太多人追，她对男人免疫，对爱情免疫，这让她充分领略了工作的快乐，也让她躲过了大多数女明星纠结于情爱、堕于苦海的宿命，就像夏衍对秦怡的评论："糊涂又大胆。"

因为糊涂，她没有我执；因为大胆，她又无畏。命运的巨轮轰隆隆地往前开，糊涂又胆大的妹子带着她的粮草与地图走过了一个又一个时代，长风猎猎里坦然与命运狭路相逢，一点也不露败相。

那句话怎么说来着，狭路相逢，勇者胜。

NO.2

当女人40岁

我有一友，年过四十。

女律师，富有，单身，不算美，但男朋友从来没有断过。

众人都不解她为何在情场如此风光，老男人小男人都搞得掂，不是只有年轻漂亮的女人才能这样行走江湖吗？

她笑着说，40岁有40岁的好。

我陪她去探过一次她的师母。大学老师去世了，师母独居，她每周差自己的阿姨与司机去师母家看望一次，阿姨打扫一次卫生，司机检查一下有无漏水，电路可还畅顺，无任何目的，只是感念当年大学时老师对自己的教导之恩。

那次是八月十五，她带着细软微甜的月饼前去看望，发现师母老花眼镜旧了，闲聊之间问清度数，乘着师母上洗手间，再闲闲一个电话打出去。走的时候，她的司机已经买了一副美国进口的细架袖珍老花镜，还有灯光柔和的台灯以及醒神补眼的宁夏黑枸杞，均打包送到府上，周到，亲切，贴心，不露声色。

　　这就是40岁的女人做的事，她们有能量，有眼色，有主意，有办法，更有心。她们愿意去办自己想办的任何事，去照顾自己想要照顾的所有人，去爱自己想要爱的一切；有勇气表达最真实的自己，也有勇气去追求自己想要的任何东西，成为自己最想成为的那个人。所有让她记挂着惦记着的事，在她温和的目光下都被办得服服帖帖。40岁女人的力量和洒脱也许就在这里，知道自己能做什么，不能做什么，做不到也没有什么，但最重要的是知道自己真正喜欢什么，最后的最后，有力量"just do it"。

　　老师母握着她的手，竟是连感激的话也说不出来。后来，我听说师母病故，把一柜子的旧版书都留给了她，说是没什么东西好给她，看她喜欢旧书就送给她做纪念。居然没有留给自己的孩子——不说价钱这么俗的话，而是这份情珍贵。

　　40岁的女人，如秋天的沃土，不那么鲜艳了，却能滋养种子，万物生长，自有一番她的神韵，那神韵也是20岁的女孩不能企及的。20岁的时候，你生活里最大的困扰可能是买不起昨天看中的那条蕾丝裙子。可是40岁的时候，你走到店里看了一看，说："这个我喜欢，这个我朋友喜欢，那就都包起来吧。"20岁的时候，你为那个男人痛不欲生哭天抢地；40岁的时候，你放下电话时会黯然片刻，然后喝上一杯香槟，沉沉睡去。是的，是的，会过去的，"Tomorrow is another day（明天又是新的一天）"。

我想起我喜欢的一个香港老牌电视艺人，2009年她得了一届视后，身着白色Monique Lhuillier单肩裙，脚踏Jimmy Choo高跟鞋拿到了她生命中的第一个视后奖杯，这个奖杯本应该在2004年时就拿到，现在拿到形若补发。上台领奖的40岁的她没有眼泪，只有笑容，不忘揶揄下自己："和别人不一样，我反而会多谢电视台不跟我签好长时间的约，而每一年都给一套好戏给我做，这样其实我更开心。"

姿势漂亮，心态潇洒，赢也轻松，输也快乐，全因岁月磨砺。从前也是任性虚荣的小女人，18岁由茶餐厅的小妹投考无线训练班，同班的同学诸多美女，但半年后独独她大红。19岁担纲电视台当红大戏女主角，转眼与当时的男主角恋得如火如荼，一时风头无两，两年后分手。

当红明星更转场去社交名流场合，与各色公子哥周旋，25岁那年以为觅得终身依靠，旋即与富二代男友赴美过恬淡生活，但谁知男方控制欲太强，"连晚上出去吃饭，8点未归都要发脾气"。四年后黯然回港，转投另一电视台，又与同剧男主角恋上，成了轰动一时的不伦之恋主角。狗仔队拍得有妇之夫男主角连续六夜出入她的香闺，但剧情急转直下，男主角幡然悔悟，即转头和老婆携手大曝她当初如何勾引他。

这个丑出得实在太大，她又羞又气，而与此同时，正碰上金融风暴，她靠多年积蓄买下的千万豪宅被银行收回。三十多岁年华渐老的女明星变得声名狼藉又一贫如洗，真是绝境。

还能怎么办呢？还得生活，咬着牙也得活下去，重新回到当年出道的电视台，原来总演第一女主角现在专演第三者、狐狸精。这一待，便是十年，十年里消磨了心性，也索性放下了许多，信了教，有了依托。所谓行到水尽时，最要紧是不放弃，38岁终于碰上了一部火得不能再火的戏，她演的那个角色虽然不是第一主角，但出彩得不得了。

那是她的运气，也是她这么多年演戏努力的成果，从此顺风顺水，又拍广告，又登台。再度攒了点钱，买个小房子，偶然的新闻，不过是狗仔队拍到她一个人买窗帘，过的是踏踏实实、平平静静的日子。

我想，女人到了40岁，想必赢也好，输也好，都不太介意了。高与低都经历过了，爱与恨也都尝遍了，于是可稳稳当当沉下心来潜入生活。一个人买房，一个人装修，一个人选漂亮的窗帘，选适合自己的朋友，穿适合自己的衣服，过适合自己的生活，有十足的淡定皆因有十足的自知之明，就像那首歌唱的：我就是我，是颜色不一样的烟火。

人生在世，谁都是泡沫，可是活明白的人，天空会特别开阔，芸芸众生之中，你是最坚强的泡沫。

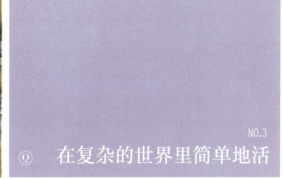

NO.3

① 在复杂的世界里简单地活

真正的美人都是天生的。

当我写下这句话时，不由得心头还是一抖。

是的，有些事，是天生注定，人家就是从生下来第一天就美，人家就是天生骨架纤细，容貌俊美，肌肤胜雪，吹气如兰，真是拿她没辙！

但是，在这样一大堆天生美的大美人当中，40岁以后还是能分出很大的高下。比如我也见过20岁时美得不行，到40岁后残得不行的大美女，这与生活际遇有关，更与自身心态有关。

2013年，我有幸和上世纪90年代最出名的玉女做了一个专访，同坐一个沙发，得以打量41岁的她那宛如少女的年轻形态，皮肤吹弹可破，又白又细，睫毛根根分明，嘴唇水润，完全看不出化过妆的痕迹（当然，她是化过的）——像林青霞一样，大美女们终身致力的工作是花一个小时化一种完全看不出来的妆，但化妆归化妆，完全看不到毛孔的皮肤那可不是化妆能给的——就算和小鲜肉一起合影，她的样子也是衬得起的。

在她重新在各大卫视抛头露面之际，全国人民都在猜测她保养的秘诀。我脑子里的印象还是以前看过的一则促狭的报道，一个见过她隐居生活的农民伯伯说她好像只对保养感兴趣，天天喝新鲜的羊奶，吃甲鱼，以讹传讹，就变成了她不老的奥秘在于"每天都吃一只甲鱼"。当我把这问题抛给她时，她脸带不屑："怎么可能，傻瓜的行为嘛。我是每天都吃一只甲鱼，但是这条甲鱼名叫'早睡早起'。"

早睡早起确实是保养界里最神奇、最便宜、有见效的灵丹妙药，理论玉女讲得很明白："从晚上的10点钟到3点钟，是我们女孩子的排毒时间，只要这段时间睡得不错的。哪怕是4点钟起，你的皮肤都是好的。这是科学道理，硬道理摆在这儿。"

玉女此话不虚，几乎没有什么情况能改变她10点钟必睡的作息。在她的博客上，你可以看到她几乎天天6点已经穿戴好，开始在小区后面的山里晨练，有浓绿的负离子养着，天天运动练着，皮肤就算要衰老也会比这世界的大部分人要慢一些吧。

"我热爱清晨。"这位玉女高兴地说。

她还隆重地推出了她的另一个秘诀——20分钟的冥想，"找个凳子，任何一个让你觉得舒适的地方，全身放松，想你最想看到的画面，让你能够静下心来，像细细的雪、西湖的水，放空，你所有的浮躁和焦虑都会被抚平。加一点很小的音乐，让你的注意力集中去听那个小的声音。20分钟以后，你会觉得焕然一新。"

22年前，她美如含苞小玫瑰，22年后，她美如盛放的大玫瑰，只是那清澈的眼神一点也没有变。她好像住在了一个时空的保鲜盒里，这保鲜盒神奇地留住了她饱满的细胞与鲜嫩的味道。每个人都在揣测这保鲜盒的奥妙。我连逼带问，最后自己苦思冥想了几天几夜，终于在她说的种种秘诀里找到了不老的终极秘密，那就是她用最强大的毅力和决心，把纷乱的生活完全排除在自己的世界之外。

这是一种超现实的生存状态，也许只有她才能做到，普通人想必没有财力，也没有毅力能让自己不去见不想见的人，不去做不想做的事。

在这个世界上，各人有各人的职业，有人终身做大建筑师，有人终身做美女，老天注定，无话可以说。

我想说的是，资质平常的我们唯一可以做到的是尽量早睡早起善待自己，不让自己陷在污浊的泥坑里，舍弃贪念，保有天真。天生不是大美女，做一个40岁以后容貌安详的、不心浮气躁的普通女子还是可能完成的任务吧。

40岁以后的美人是养出来的，40岁以后的淡定是舍出来的。

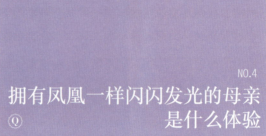

NO.4
拥有凤凰一样闪闪发光的母亲
是什么体验
Q

　　我比较喜欢热门美剧《纸牌屋》的第一季和第四季，在经历了第三季的枯燥与失望之后，第四季《纸牌屋》终于找回了一点第一季的感觉，紧张、性感、严肃、调侃，又充满了黑色幽默的解构，特别的高级。

　　当然也因为第四季里出现了一个我觉得最有意思的人物，那就是新登场女主角克莱尔的母亲黑尔夫人。前三季里，克莱尔好像光秃秃来到这个世界的外星来客，只知道她出身巨富，和父亲感情甚好，但自始至终都没有提到过一句自己的母亲。

　　但在这一季里，我们见到了得了癌症、没有几天活头的黑尔夫人。
　　"你是回来拿遗产的吗？"一出场，这位母亲就冷着脸对跑回娘家多年未见的女儿说。我当时就心中一凛。客观地说，这是一个绝对势利眼的白人贵妇，她强硬而决绝，冰冷而刻薄，就算得了癌症，也不和任何人诉苦，戴假发、披珠宝，若无其事在巨宅里等死。

她与女儿交恶的原因是嫌她丢了她的脸，忤逆她嫁给一个穷白人，一听说女儿要离婚要扳倒女婿，立刻雷厉风行召集得州贵妇团开会，一出手就是数百万美金政治献金。就算是自求安乐死，也有目的，因为"我此刻死可以帮助你选举"……直到这时你才能理解克莱尔为何会成为铁石心肠、利益至上的冰雪女王，因为她有一个比她更狠、比她更拼、比她更冰的母亲。

黑尔夫人这样的妈妈，生活里并不陌生，一般的女性一旦做了母亲，"母性"要强于"妻性"，但她们则恰恰相反，她们的"妻性"大大超过"母性"，甚至有的没什么母性。

她们年轻时通常漂亮、能干，裙下之臣无数，她们习惯于用她们的女性魅力征服世界。儿女的来临对她们来说虽然不是坏事，但着实也并不让她们欣喜，因为她们太乐于为自己而活。

弗洛伊德总说因为恋父情结，天生的女孩会嫉妒自己的母亲，企图与母亲竞争，但另一种情况则是母亲为了独占丈夫而警惕甚至排斥女儿。就像黑尔夫人临死之前，还要话中有话地和女儿炫耀一番：有些事他只会在我面前做……那后面的意思其实就是，你看，你爸爸最爱的女人还是我，这真是一种让人哭笑不得的竞争感。

一个像凤凰一样闪闪发亮的女人可以活成一个传奇，然而做她们的儿女，特别是做她们的女儿常常格外不幸——因为她们的美，让她们无往而不胜，所以，她们信奉美者为王，信奉荷尔蒙，信奉征服男人才能得到一切。她们习惯且乐于女性之间的竞争，甚至女儿也不例外。

从小到大，她们都在有意无意敲打女儿：你没有我漂亮，没有我有魅力！你爸爸是最爱我的，我是最棒的，你是差劲的……这对一个女性的成长几乎是致命的，母亲是最亲近最信赖的人，而最亲近最依赖的人的鄙视与排斥，无疑会让幼小的女孩特别困扰，她们无法建立起自己的女性自信，也无法自信地建立起与男性的亲密关系，张爱玲就是最典型的例子。

张爱玲一辈子都爱比她大很多的男人，胡兰成和赖雅都是她精神上的父亲。唯一一个年貌相当的帅哥桑弧，她根本就不敢确定他会爱她——因为她从来没有得到过父母完全的爱。

父亲不用说了，那时候的大家庭女儿基本不怎么见得到父亲，而她的母亲黄逸梵女士则是南京黄军门的独女，前卫新潮，见到丈夫不忠，她就断然和小姑子一起留洋，抛下一儿一女。

敏感而早慧的女儿如此依恋着母亲，渴望着母亲的爱，可漂亮的母亲似乎一辈子都在谈恋爱，无暇顾及她，更失望于女儿的不漂亮与内向。看到女儿不懂打扮，不懂做女人，不懂人情世故，母亲会恨恨地说："我懊悔从前小心看护你的伤寒症，我宁愿看你死，不愿看你活着使你自己处处受痛苦。"

心理学上说，父亲的爱让孩子远行，而母亲的爱则是孩子生存的根本。凤凰式的母亲不懂爱，而身为一个中国女孩的另一个悲惨之处在于父亲也缺席。

张爱玲的父亲忙着抽大烟讨小老婆，我记得香港一个老牌明星在回忆录里就提到：她有一个会说英文在民国时代就可以当秘书的漂亮母亲，母亲嫁给高大英俊的父亲做二房，生了四个孩子。可是父亲忙着做生意，母亲忙着陪父亲，弟弟妹妹几乎都是由她带大的，她妹妹惨然写道："我们是无父无母长大的。"

她几乎就当了弟妹的母亲，在她还很小的时候。饶是这样，她的母亲也还是看不上女儿。在女儿20年婚姻失败后，到澳洲来找她的时候，居然没有安慰，只有指责："你没有用，管不住你的男人！"

有一个凤凰一样闪闪发亮的母亲，对一个女孩来说几乎是没顶之灾。如果她够强，她会变成母亲的翻版，甚至比母亲更冷更强更bitch，比如克莱尔；如果她够有才华，可能会变成张爱玲，极度神经质以及自卑；如果她够有忍耐力，她会变成那个老牌明星，一辈子都在为别人服务，承担不该由她承担的责任。

不管这些女孩长大以后变成什么样的女人，她们看上去都很硬很冷，她们以为那是坚强，实际是僵硬。她们的内心像一个没有尽头的深渊，就像桑弧抱着他的爱玲，会惊异地问："你到底是什么人？你究竟是好人还是坏人？"

有什么好坏呢，她们只不过是一些没有爱的女人。她们没有接受过真正的爱，所以也无法真正爱上任何人。她们总会爱上不爱她们的人，就算遇到爱上她们的人，她们也会搞砸。

这就是我们常常会遇到一些古怪女人的来由，这些女人看上去多么无情无义。张爱玲的母亲在欧洲临终想见她一面，可她硬是没有去。最后母亲寄来一箱子古董，里面有一对值钱的花瓶。女儿拿到后想到的第一个问题竟然是：也不让我们开开眼，上一代人对我们真是防贼似的。——当年母亲对女儿的爱多么稀薄，但究竟也留了一对花瓶。而女儿对母亲的爱，几乎没有，不是她不愿意，而是她产生不了，几乎都是恨。——那是当年她欺凌她时留下的唯一证据。

张爱玲在《小团圆》的最后写道："她从来不想要孩子，也许一部分原因也是觉得她如果有小孩，一定会对她坏，替她母亲报仇。"——这大约是不太美丽的女儿对过于美丽的母亲最大报复：她绝了她们的后。

NO.5

拥有智力生活的人
永远不怕寂寞

可能有很多人不知道，刘晓庆姐姐也有一个微信公号，内容主要是报告她每日的行踪，以及卖她的书和琥珀。曾经名满天下的她，公号阅读量只有几千，不符合她"天下第一"的定位，但晓庆姐姐似乎已进入了另一个自给自足的悠然境界，她非常享受这种活在人群里的感觉，每天准时更新，定时发各种美美的个人照和朋友合影，川流不息的行程，川流不息的人。她和她的朋友，她和她的粉丝，她和她的亲戚……每次见到，我就要感叹：这真是一个时刻要和世界建立关系的人啊。

有一部著名的电影叫《日落大道》，说的是往日的大明星迷恋上了年轻的男人，不是欲求不满，只是害怕寂寞，我想如果她像晓庆姐姐一样有活力，她就不会犯那样低级的错误。因为到了她们这个年纪，又有钱又有名还美，几无弱点。如果说一定有，那就是寂寞，但晓庆姐姐连这个也帮自己解决了——很多人不明白为什么她要在最不需要结婚的年纪，和一个七十多岁爱她的美籍华人结婚，你难道没有听说过伴侣是这世间最紧密的关系吗？

晓庆姐姐一生致力于建立各种关系：和影迷的关系，和男人的关系，建立新关系，不忘老关系。你想想，连陈国军这种往日撕得血淋淋的关系都修复得好好的，还有什么关系是她不能维系的——这么多关系要维护，要应酬，应该是永远不会寂寞吧。

人类为了对抗寂寞，想出了许多办法，其中最有效的恐怕就是建立关系。男人与女人的关系，人与父母的关系，人与孩子的关系，人与朋友的关系……活在关系里的人，至少物质上就不寂寞了。如果两个人还能有精神上的沟通，那就更不得了。所以那些聪明的人类会一直让自己活在关系里，但关系也是有生命的，不可能永远都在。如果性情内向，又不想去建立新的关系，那是否就意味着孤绝，在很大程度上是这样的。

当然，也有例外，比如杨绛先生就给我们示范了另一个范本。

杨先生当然最初是活在关系里的，她与父母相亲，与丈夫相爱，与女儿相惜，所以纵然一生波折，也活得有滋有味。只是到了1997年和1998年，人生最痛苦的两件事都叫她遇上了，女儿和丈夫相继去世，最紧密的两大人际关系完全失去了，身边又无孙辈，孤身一人独对青灯古书。如果是普通的女性，基本就是没治了，但老太太扛了过去，依然体体面面、结结实实、健健康康地活了近二十年。在没有关系支撑之下，如何对抗销魂蚀骨的寂寞？杨绛先生告诉我们，特别是女性，关系不是唯一让你不寂寞的方式。

有人写信给杨绛，问为何自己如此寂寞难过，杨先生直言：你的问题是想得太多，而读书太少。

很多人觉得孤独，不是因为别的，而是因为缺少常识，放任自己活在情绪里。并不是说读书多就一定不寂寞，而是说多读一点书，至少会多一点的自然知识和科学常识，有基本的自我认识。太多人的恐惧是出于无知，太多人的焦虑是因为缺少常识，太多人活得很失败，是因为不愿意实实在在掌握一点生活技能照顾好自己的身体和心灵，总需仰赖他人。

杨先生用她105年的生活向我们示范了一种独立健康生活的可能：那就是拥有丰富的内心世界，完整的知识架构，乐观的人生哲学的人通常可以活得很充实。如果可以，再加熟稔的日常生活技能，自然而旷达的心境，就算没有人际关系，她也仍然可以过得平静而快乐。最简单的现实就是与其天天买天价补钙，不如买点大棒骨敲碎煮木耳汤；天天愁绪满怀不如每天坚持走七千步；天天焦虑不如洒扫庭院之后，拿出心爱的毛笔练练小楷字。

沉迷于关系的人是很难理解沉迷于智力生活的人的快乐，就像晓庆姐姐肯定过不了杨先生那看起来孤绝的生活。

真正喜欢智力生活的人当然也愿意拥有关系，但一定是深刻的关系。所谓深刻的关系，就是交换灵魂、交换痛苦、交换世界观的关系，可以不永远，但肯定拥有片刻。你看波伏娃要和萨特一整天一整天地待在一起，林徽因天天组织饭局，图的是人与人的相守相依，关系里有陪伴，有守护，有沟通，有交流，更有爱。但比起关系，我想她们更看重的是在关系里与志同道合、旗鼓相当的人的智力对撞与脑力激荡。要知道，对一个拥有丰富独立智力生活的人来说，她终身会拥有免于匮乏的特权。

当你拥有了取悦自己大脑的能力，就意味着你不再完全依赖旁人的陪伴。因为只要你醒着，你的大脑里就会像高速运转的过山车，有各种各样的工程需要完成，有幻想，有论证，有回忆，有沉思。这些过山车还刺激了下丘脑的激素分泌（**通常建立关系里，爱也会让你分泌激素**），让你快乐无比，这是上帝给热爱智力生活的人类独有的馈赠。

张爱玲说："在没有人与人交结的场合，我充满了生命的欢悦。"那些欢悦是什么呢？

是"懂得怎么看《七月巧云》，听苏格兰兵吹风笛，享受微风中的藤椅，吃盐水花生，欣赏雨夜里的虹灯；是做自己的课题，写自己的小说，是沉迷于一件自己喜欢的事，是躲到大书里与智慧的古人对话；是跑到《槐聚诗存》里在回忆里与爱人呢喃；是做自己想做的事，全身心地投入超然忘我的境界，烦恼和痛楚也就无从生起。"

只有内心丰盈的人才能独对人生最深重的寂寞，不管你有没有在关系里。

热爱智力生活的人永远不会寂寞。

NO.6
为什么
有钱的女人不怕离婚

　　隔不了多久，网上就会有一单原配开闹的新闻，比如当街撕打小三，脱光小三，甚至挥舞铁锤……这让我想起在看电影《夏洛特烦恼》时开头那惊悚的一幕，看到那个穿着大汗衫的原配拿着菜刀追杀老公，台下一片哄笑，因为很写实，不是吗？

　　中国式原配为何都爱挥舞菜刀和铁锤？因为她们别无出路，只剩这最后一招，除了暴力与发疯之外，还能有谁会注意到她们的痛楚呢？

　　她们像疯了一般向执意离婚的丈夫要钱，向小三索命，这后面除了中国女性满脑子"生是你家人，死是你家鬼"的老式思想之外，最直接、最现实的原因是她们在离婚以后少有出路。

　　首先，是经济上的困窘。中国不像美国的法律，有赡养费这么一说，多年为家庭的付出、生育以及家务劳动的成本在离婚官司里没有任何赔偿。

至于财产，婚姻法规定一人一半，但大部分的妻子其实并不知道开公司的老公到底有多少钱。这一半该听谁的呢？更何况还有转移资产这回事。我的一个闺蜜离婚的时候，甚至发现自己还要替有钱前夫还债务。要说玩手腕，在家多年看孩子的家庭主妇怎么搞得过江湖打拼的男人。

其次，精神上的困窘，如果肯去观察一下再婚市场，你就会发现离异妇女在婚姻市场的价值近乎零，这和中国人流行的婚恋思想有关。男人喜欢年轻的，女人喜欢有钱的，所以有钱的老男人与年轻的女人是天经地义的一对。

你看年过四十的富商刘强东在澳洲大堡礁风光大娶相差19岁看上去像他女儿一样的奶茶姑娘台下一片喝彩，而年过四十岁的离异妇女显然就成了人们嘴里的烂茶渣——当同龄的单身男性只把目光投向比他小一截的女性时，熟龄的单身女性就几乎失去了选择的权利。更可怕的是，她们从小被灌输嫁人一定要嫁给比自己大的、比自己有钱的男人。向下望，简直是不可能完成的任务。

所以，中年离婚对于熟龄原配来说就是一个绝境，一没钱，二没人。

中国当下最典型的离婚状态，男人是出轨有理，小三是真爱无敌，原配则歇斯底里。这后面的现实状态是，中国当下的婚恋思想与现实严重愈行愈远，规则严重失衡，女性进退失据。

而离婚，对于没有什么生存能力的中国原配来说，简直就等于全船沉没——眼睁睁看着前夫带着新伴扬帆远行，而自己的生活则完全停滞，如果再加上要独立养育孩子，那沉得就更彻底了。

所以，绝不离婚是许多女性不得已的选择。

但要她们忍受无爱的婚姻显然也极为痛苦，于是原配们索性把怒气发泄到了小三身上，所以才有那些原配当街痛打小三、当众脱光小三衣服的闹剧。同为女性，看到这样的新闻只觉后背发凉，是什么让女性们又退化到了这种相互侮辱的地步。

谁也说不清为什么，谁也说不清该怎么办。

游戏失衡了，怎么玩下去呢？绝望无出路，痛苦出真知，最后一个拍电影的男人给女性们指出了一条新路。

电影哲学家徐峥老师在他那部充满了槽点的《港囧》里说了一个故事，那就是赵薇演的那个鲁莽大条的原配，一招就让妄图出轨的老公迷途知返，是什么大招呢？原来，财大气粗的她不经意地就在法国买了一个画室送给老公。

看到这里，我不禁倒吸了一口凉气：还是男人了解男人啊！关键时候，谁舍得出钱谁就是真爱。也是，试想如果原配SJ（复旦小三门女主角）是个年收入百万的金领，什么车款啊，房贷啊，信用卡偷刷3000块这些让她穷苦出身的爱人气绝不已的鸡毛蒜皮的小家事，她想必一定不屑于做。只需轻轻将一把日本东京小别墅的钥匙放在他口袋里，风轻云淡之际，男人的回归想必是指日可待。

我有一个律师朋友曾严肃地对我说，中国的原配唯一的出路是从政，因为只有如此，才能把不承认女性生育付出的新婚姻法修正过来，规则不改，出路无门。

我觉得这想法有点不现实，个人觉得中国原配的最佳出路是必须往死里挣钱。是的，徐峥老师用男人的视角告诉我们，做一个中国好原配，你必须非常有钱，才能买得起一段婚姻，进可感动心猿意马的老公，退可搞定眼皮子浅的小鲜肉。在残酷的中国婚恋市场稍有立足之地——那原本应该在法律里找到的最基本的婚姻中女方的尊严，目前看来，只能靠过硬的经济能力了。

各位原配，放下菜刀，努力赚钱。

加油！

NO.7
那些芈月
教给我们的人生真谛

2015年8月，我在"南国书香节"替写《芈月传》的大神蒋胜男站台。

在台上，我问了她两个问题，一是"芈"字怎么读？另外，这个叫芈月的女人有什么牛的？慈禧、武则天都听过，怎么以前从来没听说过芈月？

大神莞尔一笑，教导我"芈"字其实就是"米"的古体，读"米"。

这个叫芈月的女人是秦始皇的高祖母，强秦统一六国的奠基人。她之所以不被中国史书常常提起，大约因为她一生实在叛逆不羁，感情生活也多姿多彩，无法被中国三千年主流文化言说，所以你才会不知道她，她可是一个比武则天还牛的女人。

中国历史上还有比武则天更牛的女人吗？我不信，怀着这样的心情开始追看漫漫81集的《芈月传》。说实在的，前面几十集多少有点《甄嬛传》的即视感，但看到第62集，芈月和初恋情人黄歇的一段话，让我觉得这部戏比《甄嬛传》多了那么一点意思。

两个初恋男女，荒野篝火，逃难途中，赤诚以见。芈月谈到当年为什么没有跟他私奔时，说了这么一段话："未遇秦王之前，月儿只知道儿女之情，白水鉴心，清澈如溪。结识秦王之后，才知这世上，还有另一种高岸深谷的情意……"

什么叫高岸深谷的情意，孙俪没有往下说，编剧也没往下写，以我个人的理解，这大约是指男女之间情感的两种层次——人世间最常见的男女之情是为"小儿女之爱"。性是核心，起源于身体，发自于激素，纯真激越如溪流，一遇阻挡，力道大到可以摧枯拉朽、惊天动地。朱丽叶与罗密欧是也，梁山伯与祝英台是也，但小儿女之情有一个致命的弱点，那就是难挡时间的摧残，罗密欧年轻时可以为朱丽叶而死，但真结婚20年后，难保他不会出轨。

而所谓的"大儿女之爱"则往往建立在两个强大心灵的男女之间，性就不再是核心。他们情义的核心是"相知"，用中国话来说就是"懂得"，用西洋话来说就是"soulmate"，那是两个灵魂的交融，充满了对彼此的欣赏与怜惜。就像芈月之所以真正爱上秦王，不光有崇拜，更多的是他对她的知遇之恩，"若没有秦王，芈月始终是个见识普通的小女子。遇到秦王，月儿才算长大。"——大儿女的感情是相互成就的感情，以现代心理学的观点来看这就是真正的爱。

就因为这一句话，《芈月传》的格局多少有点焕然一新，芈月教会我们最大的，也是最不同于宫斗剧的一点是：在亲密关系里，学习成长——男女之间好的感情不是占有，更不是控制，而是希望对方成长，得到更多的自由与快乐。

这恰恰是芈月与甄嬛在亲密关系里所获得的不同成长，秦王的高识远见让芈月拥有高山空谷的心胸，成为政治家，而清王的糊涂与腹黑则让甄嬛越发心狠手辣，成为阴谋家。虽然有时政治家就相当于阴谋家，但真实人物与虚构小说之间，格局的差别，也还是有的。

在那些芈月教我们的人生真谛里，最重要的指向就是：始终做一个生机勃勃的女人，芈月从一个卑贱的媵妾之女成长为一代太后，可谓历尽坎坷，但她始终活得生趣盎然。她乐观、坚强，拥有强烈的好奇心，努力学习各种技能，她会医术，会鞭术，会跳舞，会刺绣，会批阅奏章……

人是这样的，当你有越多新技能get，你就越自由。像芈月，哪怕到了衣衫褴褛、山穷水尽之际，人家还能靠一手好针线活儿养活全家。这样的人，无论碰到哪种生活、哪种命运，都透着一股子笃定。

要始终拥有爱的能量，真实的芈月是中国历史上第一个执政超过四十年，而且皇帝老公死后，名正言顺拥有精彩爱情生活的女性。史书说宣太后亲自修书邀请义渠王居于甘泉宫，这一住就是30年，还悍然生了两个儿子，这放在清朝是想也不敢想的事。宋明理学提倡灭人欲，尤其是灭女人的欲，在这种洗脑文化下的中国女性活得了无生趣，但生活在战国时代的芈月可谓活得天真可喜，爱了就爱了，一个接着一个。这稳定的、长期的情感生活别说孀居的慈禧比不上，武则天也比不上，按现在的说法，是绝对的人生赢家。

　　我常常觉得芈月是一个生活在战国的现代人，她有着现代女性的世界观：比如不把婚姻当成生活的全部，不把男人当成全部的归宿，永远拥有自己的小宇宙，永远活得兴致勃勃。她有她的爱好，她的技能。特别重要的是，她特别善于学习，这恰恰是我们婚恋文化最少提及的一部分。男性社会最大的洗脑就是宣扬傻白甜最好命，只要趁年轻漂亮搞定一个男人就一生无忧，买买买，玩玩玩，无须思考，不需成长，但事实真是这样吗？

　　女性研究者朱虹有一句至理名言：年轻时傻白甜，老了不是怨妇就是泼妇。

　　《芈月传》里的芈姝不就是这样吗？她身份高贵，是楚国嫡公主，秦王的正牌王后，美丽天真的傻白甜。花儿似的人物，但在几十年残酷的后宫斗争里，她最后还是变成了一个邪恶心肠，硬得像块石头一样的寡妇。

　　人来到这个世界上其实都是草芥，无论长在哪块地界，都得努力成长，成为一棵生机勃勃的树，没有强大内心根本就经不起人世风尘的侵蚀。

　　其实千言万语只有一句话：没有谁可以成为不劳而获的人，无论在职场里，还是在亲密关系中，无论是活在战国的芈月，还是活在现世的我们。

真实地活着就是一切

一

这是我的第 11 本书，不是炫耀，近乎某种程度的失败。因为我有一个损友曾笑话我说："你看你多失败，写了十本书你还没有红（指像郭敬明、韩寒那种红）……"

我一翻白眼："也好过你一本都没有写……"

其实……讲真，我是同意的，真是蛮失败的呢。年纪不小了，出过那么多书，浪费了那么多纸浆、人工，砍了那么多树，最终也不过是个小小的写作者，对于世界，毫无建树，对于他人，毫无用处……

可是，怎么办呢？这就是我。

对于这个失败的我，此刻的我是蛮接受的，甚至可以说是蛮喜爱的——这也许正是写了这么多书、浪费了这个世界这么多资源为自己谋得的一个好处，那就是鄙人从一个瞧不起自己甚至恨自己的人，变成了眼下这个对自己充满了喜爱之情的小胖子。

最明显的表现是：以前我看到自己的照片时会在一秒钟之内满心憎恶地扭过头去，"怎么会有这么胖这么丑的女人……"恨不得马上撕掉；现在的我看到自己的照片会热烈地端详很久，然后转过头去和蓝小姐相视一笑，"怎么现在会这么胖……"

是啊，真是胖到笑，是应该减一下了，可是，"这也是本人在生时的形态之一吧，活着的时候我们有一千种形态，有一种形态有点胖也是应该接受的。"现在的我会对自己这样说。所以我猜，现在的我真的是蛮喜欢自己的。

二

　　我喜欢自己什么呢?

　　我喜欢自己是现在的自己。

　　我喜欢自己现在的全部，优点以及缺点。优点让我是我，缺点更让我是我。我不是完美的，然而我是我自己的。

　　我喜欢自己变成了现在的自己，兴致勃勃地活着，对一切都无比地好奇。我在尽全力体验我的生命，尽全力探索这个世界，虽然这探索有点迟，它应该在我十多岁的时候发生，可是，晚到总比没来好。现在的我好爱这个世界，最大的烦恼是时间实在太少，想做的事情太多，一天要是有48个小时该多好……而我以前呢? 最大的烦恼是为什么没有人爱我，要是有一个人接管了我该多好。

　　你看，差别真大，这本书也因此而起。

　　特特成立了出版公司，非要签我一本书，我本想偷懒把2010年出过的一本已经绝版了的情感专栏集子《浮世爱情》改改就给她，但我认真翻了一遍，合上书，就跟特特说："哎呀，我得重写了。"真的就相当于重写了。《浮世爱情》里的那六七十篇稿子里大约只选了十来篇，也就是说，今天的我对于六年前的文章，只有六分之一是赞成的，其余统统枪毙，有的是写得不好，有的是写得不对——觉今是而昨非，大约就是这个意思。

　　我的朋友姚远东方有一天认真地对我说："亲爱的，你知道吗？你和十年前的你，至少隔着八个自己。"我知道她的意思，变化太大了。从前的我，爱谈论感情，独独不爱自己；现在的我，学会了爱自己，却独独不爱谈感情。并不是说感情不重要，而是我觉得它被女人看得太重要了。情感太重要了，世界就变小了。所谓的为情所伤不就是那些事吗？我爱他他不爱我了、失恋了、劈腿了、被人欺骗了、被人抛弃了……在这么狭窄的世界里痛心疾首，讲真，是挺没出息的。我这么说似乎有点没心肝，鉴于我以前困在这么狭窄的世界里痛心疾首了好多年，容我小小地鄙视一下从前的自己——是的，真没出息。

　　没出息是因为见识少，见识少是因为看过的世界不多而且兼被洗脑，我们的文化太过强调感情对于女性的作用，乐于塑造痴情的女人。从前的女人没有工作的权利，除了依靠男人没有第二条出路，除了痴情没有第二个选择，但是现在不一样了。现在的女人有了受教育的权利，有了工作的权利，如果你仍然在内心深处觉得除了依靠男人没有第二条出路，除了痴情没有第二个选择，那么只能说明你太傻，太容易被洗脑，或者说明你太懒，因为那几乎相当于一种逃避，躲在那粉红的小天地里，就可以掩耳盗铃不用面对人生大江大河里的滔滔浊浪了——

· ·
· ·
· ·
· ·
· ·

弗洛姆在《逃避自由》里说得好，有时人类会刻意逃避自由，不愿意承担因为选择而面临的一切后果，而把自己困在所谓的感情问题里，也许是许多女性逃避人生的最佳借口——感情是一张温情脉脉的大被，掩盖着我们人生里许许多多切实的问题，制度的、规则的、性别的、心理的、生理的……其实质正是，我们是如此害怕真正面对自己的生命。

三

你手里的这本书和之前的《姑娘，欢迎降落在这残酷世界》很像，版式相像，那是因为编辑是同一个人，因为《姑娘》和杨帆的合作很愉快，所以这本书我特地死拉硬拽地拉上了她；但内容不像，这本书不讲道理，只讲事实，这本书没有来往的信件，只有真实的人生。这本书写的是这些年曾经触动过我的人和事，有的有名，有的没有名，有的是我朋友，有的是我仰望的偶像。他们只有一个共同点：他们真实地活在我们的这个世界。

能不能真实地活着，在我看来，是一切的根本。

真实地面对这个世界，真实地面对自己，真实地面对千疮百孔的人生。在痛苦里辗转流离过，在绝望里披荆斩棘过，在挣扎里进退失据过……那些打磨，一点一点塑造出一个真实的你；那些冲击，一点一点引出你真正的生命力——

什么是真正的生命力？就是在任何情况下，都爱自己，爱活着本身这件事，这就是真正的生命力。

在 2016 香港书展的讲座上，止庵老师说张爱玲写的所有人物其实都在找一个活着的立足点，王佳芝活着为了找爱，曹七巧活着为了找钱，薇龙活着为了找男人，可是到了《同学少年都不贱》里，活得很失败的恩娟，当她在洗碗的时候听到肯尼迪总统被刺的消息，脑子里回荡的声音是："肯尼迪死了，我还活着，即使不过在洗碗。"那是四十多岁历尽坎坷的张爱玲对生命立足点的新的定义：真实地活着、真实地感受也是一种意义。1959 年 3 月 16 日在致邝文美的信上，张爱玲写道："任何深的关系都使人 vulnerable（容易受伤），在命运之前感到自己完全渺小无助。我觉得没有宗教或其他 system（制度）的凭借而能够经受这个，才是人的伟大。"

生命是什么，是一次旅程；活着是什么，是一次体验。自然人在这体验里努力追寻快乐，社会人则在这旅程里寻找价值。夜空飞过流星，湖面飘过柳叶，真实地活着，真实地爱，真实地忍受痛苦，真实地找寻出路。在这披荆斩棘里生出真的力量，生命开花结果，落叶无香，世界尽在左右，不由分说。

祝旅程愉快！

成长书单····················

世界辽阔，自己取暖

我记得看过一个学者写的书，书里提到中国人的深层文化结构里就容易出怨妇，就算是男性也常有怨妇性格。你看唐诗宋词里，有多少男人在抒发不受重用、事业不如意之苦时，把皇帝比作男人，把自己比作失宠姬妾的。

可见，怨妇这种个性，深刻地埋在我们这个民族的潜意识深处。儒家的传统，还有逆来顺受、存天理灭人欲、强调中庸、泯灭个性、弱者受迫害妄想狂等各种心理趋势直接影响了我们的心理结构。

兹事体大，我也说不清，但是在这样的大背景之下，我们还是得勇敢地挑战自我。

不当怨妇，是现代人的基本自我修养。

要想不当怨妇，我们要：

第一，锻炼好身体，尼采说了身体好就能克制怨恨。

第二，多看好书。

第三，持续关注公号"蓝小姐和黄小姐"，保证你不忧郁，哈哈。

呵呵，就是我的公众号，欢迎大家加关注，愿意和大家一路成长。

下面推荐的，是我个人读过、觉得对于心智成长相当有帮助的几本书。有的书版本已经很老，市面无售，建议大家去孔夫子买旧书。书，不是越新就越好，经过时间考验，帮助过人的书，人们会永远记得。

ⓠ 疗伤系

《走过婚姻》

作者：施寄青

一本薄薄的书，不到十万字，从专业角度看，文字并不怎么好，但因为是写自己的真实经历，和盘托出，贴心贴肺。而且因为真实，便显得特别有力量。这是台湾女作家施寄青写于二十多年前的书，那是台湾社会离婚率刚开始高企的年代，她把一个从传统婚姻观里艰难走出自我的女性心理描绘得栩栩如生，其中的挣扎与痛苦也几乎可以对照现实中的大陆女性。看完施老师的经历，你会忍不住感叹：幸亏生在大陆，我们还有路可以走——我们可以工作，我们可以靠自己。

《第三种黑猩猩：人类的身世与未来》

作者：［美］贾雷德·戴蒙德

有时候，我们要懂一点科学知识，不是为了别的，是为了不那么狭隘。比如我们要看这本生物学的读本，本书开章明义：人类不过是另一种大型哺乳类动物。

先别讨论道德，也别讨论人性，先谈谈人身上的兽性——别人的兽性以及你自己身上的兽性。别说你没有，如果你没有，只说明你没有活出真我。

这本书有点难懂。建议你一定读完前面 124 页，你会对伴侣劈腿这件事没那么介意——我们毕竟都是猴子的后裔。

《图说中国女性：屈辱与风流》

作者：卢玲

了解完动物界的那些事，想看看从前的女人是怎么过的，这本书可谓能解疑答难。

不要觉得你受的苦就是世界上最苦的苦，和两千年前，甚至和二百年前的女性相比，你的生活可能就是天堂，所以看完这本书，你的戾气估计能消一半。

我记得有人问刘瑜如何能忍受职业女性的苦痛时，她回答说："我有时会想，要是我不幸生在了 200 年前，就得裹小脚，生一串孩子，早上 5 点起床喂猪，每天给一家老小 15 口人倒马桶，老公打你没有妇联可以伸冤，不让识字读不了纳博科夫，还人均寿命 43 岁……然后就觉得，啊，在历史的长河中，我竟然有幸生在了当代，竟然可以上学，可以工作！我真是太走运了！"

是的，很幸运，我们生活在了这个时代，退一万步，至少我们还可以工作。

《反对爱情：那些外遇者教我的事儿》

作者：［美］劳拉·吉普妮斯

这本书相对来说观点比较颠覆，特别适合那些严重的真爱论患者和纯爱论患者，虽然不至于完全颠覆三观吧，也够纯情的你喝一壶的。但这没有什么，只喝大碗鸡汤是不够的，因为治标不治本，有时我们也得喝点效力大一点的。毒药为什么不能喝三钱呢，说不定能彻底打开心结呢。

《我爱问连岳》

作者：连岳

个人认为《我爱问连岳》一和二都挺适合知识女性翻阅的。连老师是男性，但是个女性主义者，他对于女性的期望之高，界面之友好，对于男性的犀利观察以及语言的舒服程度在国内专栏界里不算第一也算第二吧。反正一个感觉，读他的书，女性胆也壮了，腰也不疼了，怨妇也不当了，拐也扔了，大步向前走了。

◎ 成长系

《认识性学》

作者：［美］威廉·L. 雅博 等

这本书很厚，但是很好看，通俗易懂，且价值观中立，是一本百科全书式的科普书。它是由几位多年从事性相关教育研究的学者合作撰写而成的，作为美国高校教材多次再版，是公认的、认识性学的必读之书。全书17章，包括解剖学、生理学，如男性与女性的生理结构和性反应；还涉及了心理学方面的内容，从心理学方面剖析性向。尤为可贵的是，还另辟章节专门讨论亲密关系中的沟通等。

为什么要介绍这本书呢？因为我发现生活里很多女性对于性完全处于无知状态，中国人很忌讳谈性，而女性尤甚。女性很多感情问题的核心其实都与性有关，但对于性避而不谈，或者顾左右而言它就会导致许多问题就无法解决。性是生命的原动力，也是许多事情的核心点，接受性，了解性，进而学会享受性，我们幸福的感情生活才有可能真正开始启航。

《欲望都市：上海 70 后女性研究》

作者：裴谕新

这是我的朋友裴谕新的一本学术著作，我觉得这本书里对我帮助最大的部分就是，能最大程度地了解了与我同时代的女性的生存状态，以及七零后整个女性生存样本的多样性。特别是都市男女性生活样本的多样性，真正开阔眼界。看过这本书，你才知道你所了解的世界只是那么狭小的一部分，而世界上的人这么多，选择这么多，亲密关系的模式这么多，真是一个多元又好玩的世界啊。

《认识自己，接纳自己》

作者：［美］马丁·塞利格曼

我觉得每个对自己要求严格的姑娘都应该有这样一本书，由伟大的心理学家马丁·塞利格曼撰写。他是积极心理学的领军人物，这么牛的人却写了这么一本通俗易懂的书，可见真正的学者，是绝不会把自己包装在难懂的文字里让人望而生畏的，而会主动开启心智，努力让每一个人都幸福。积极生活的缘起就是要学会真正去面对自己的人生。一句话：生活是一个长期的改变过程，要有勇气改变你能改变的，要平静地接受你改变不了的，并且努力拥有分辨两者的智慧。

《民主的细节》

作者：刘瑜

　　"一家人在一起吃饭，妈妈买菜，爸爸洗菜，姐姐做饭，哥哥洗碗，妹妹扫地，但有一个弟弟说：'我就是不关心做饭怎么了！'一件事明明与每个人都有关系，但却非要说它跟自己没有任何关系。"这是刘瑜在书中对不关心政治的年轻人打的一个比喻，我在很多时候就是这个弟弟。

　　大多数女性都不关心政治，有人觉得脏，有人觉得遥远，其实大部分是因为觉得复杂、艰难，而且和自己没什么关系。但当你看到许多女性离婚需要面对劈腿却毫发无伤、绝无愧疚的男性时，你就会深刻地感觉到政治离自己并不遥远。如果中国的《婚姻法》不是如此漠视女性在婚姻里的付出，很多中年女性不会面对如此进退维谷的选择，许多年轻女性不会成为那样势利拜金的模样。法律就是规则，当规则失衡时，利益受损的一方当然明摆着就是受欺负。愿我们的女性都关心政治，哪怕改变不了什么，也要去做一点事情，因为每一条法律的实施都会影响我们的生活，我们这一代女性过得不好，那么，我们的下一代要不要过好呢？

《家事的抚慰：食物、衣物，以及合理的家事计划》

作者：［美］雪瑞·孟德森

　　面包应该存放在哪里？冰箱冷藏室？错！很快就会变质。

　　室温？对！

冰箱冷冻库？对！

冷藏的面包比放在室温下的面包更容易变质。面包在 8℃的冷藏温度之下放置一天，变质的速度与放在 30℃之下放置六天是一样的。如果要存放多日，可放入冷冻库，食用时无需解冻直接烘烤，面包就会恢复新鲜和弹性……

这就是《家事的抚慰》里说的事情。这是一本完全的家务教材，我是跳着看的。要知道，对于一个完全没有受过家事教育的女性来说，这本书有多么实用，许多在别人看来早就知晓的东西，我居然要人到中年才学会。

但迟到也好过没到，我们不要做强迫症的主妇，但是要学会如何快速有效地处理家事，让自己拥有舒适整洁的生活，这是生而为人最基本的一个技能。如果你声称要独立而自主地活在这个世界上，请你学会做适量的家务。当然，比这更好的是，你可以找到更好的方式解决它们，比如买一个扫地机器人。

《潜规则：中国历史中的真实游戏》

作者：吴思

人要思考历史，因为所有的答案都在历史里。

这是一本讲历史的书，可能很多女性未必有兴趣看，但我想说的是，对于中国这个古老国家的现状，我们有必要看看这本书才有所了解。这是一个古老的奇怪国家，所以你有那些古老而奇怪的思想也是可以原谅的，但是要不要继续呢？那就是你看完这本书之后的选择了。

《去你的，生活：与卢西安·弗洛伊德共进早餐》

作者：［英］乔迪·格雷格

这本书为什么要推荐呢？

因为八卦。哈哈，八卦是一部分，主要还是因为长见识。这本书是记者写画家的一本传记，传主是精神分析学派创始人弗洛伊德的著名犹太人孙子，自私，混不吝，一生为所欲为，逃避家庭，逃避子女，逃避责任，数不清的恋情、赌局、打斗、戏谑以及私生子。看这本书的时候，你不仅要着眼于画家卢西安的生活，更要着眼于整个欧洲、整个伦敦上流社会的生活状态。上流社会之所以上流，是因为他们拥有足够的财富支持他们过随心所欲的生活，最有助于观察人性。

总的来说，中产阶级是最乏味的，只有在上流社会或者底层社会，你才可能看到最极致的人性——这有助于你了解自己，也有助于你原谅自己，更有助于你看到自己身上的约束。当然，有时候，有约束是好的，自由需要更强大的灵魂，不是每一个人都肩负得起这样的代价。

《活出意义来》

作者：［奥］维克多·E·弗兰克尔

这本书（注：生活·读书·新知三联书店 1991 年版）已经买不到了，我是在淘宝买的复印本，但是仍然值得介绍。这是维也纳医科大学著名精神官能学及精神分析学教授弗兰克尔的名著。弗兰克尔是犹太人，1942 年被纳粹关进奥斯威辛集中营，后来辗转其他集中营，在集中营时失去了妻子、兄弟，父母，只有他和一个妹妹活下来了。重获自由以后，他把狱中经历写成这本小书，德文原版最初叫作《不管怎样，向生命说"是"——一个精神病学家在集中营的经历》，英文版的标题就是 *Man's Search for Meaning*。

1995 年，弗兰克尔去世时，此书已卖出一千万本，翻译成至少二十四种语言，鼓励了千千万万的人。这本书集中讨论的问题是：人在最严酷的环境里怎样活下来，人究竟是为何而活？弗兰克用自己的实践，也用自己的思考回答了这些问题：可以用想象渡过难关，也可以靠意义渡过难关。人类寻找生命的意义有三种途径：1. 创造和工作；2. 体认价值（*如爱*）；3. 受苦。不管靠哪种方法，每个人都有自己的意义要寻找，只有你知道自己为何而活，价值不由别人判定，全凭自己追寻。

女明星陈冲在 1989 年靠这本书走出了生命的低谷，感情不顺的美女写道："有一天，他抬完尸体，一个人疲惫不堪地坐在牢房里。他觉得自己跳离了自己的躯体，从另一个角度审视自己绝望的境地。Frankl 领悟到了一个真理：他其实是自由的。"从弗兰克尔的故事里，陈冲得到了深刻的启示，"没有人可以不经我们的同意而伤害我们。我们对伤害自愿的准许，往往比伤害本身更有杀伤力。我不再责怪境遇，责怪他人给我带来的不幸。我每天提醒自己，Frankl 在集中营里都有选择空间的，我凭什么不能主宰自己的命运。"

是啊，我们生下来最大的目的就是要求取自己生命的意义，为什么而活，我们要去寻找，但我们首先得活下来。

最后，我还想夹带私货，推荐四本亲友的书：

《我有一个同事》 作者：黄爱东西

黄爱东西老师的力作小黄书，帮助你了解性，了解男人，了解快乐，一定不能错过啊，这本书实在是很受欢迎，看完当怨妇的心是绝对没有了。

《有见识的姑娘不会过得太坏》 作者：周珣

明白的文字，清醒的态度，姑娘们要善良，但更要用见识武装善良。

《每一眼风景都是愉快的邀请》 作者：陈思呈

思呈是个有着清澈心灵的女子，她对于这个世界有着毫无障碍的沟通。看她的书，让我感受到生而为人的幸福与痛苦，痛苦地幸福着，也幸福地痛苦着。

《姑娘，欢迎降落在这残酷世界》 作者：黄佟佟

是的，鄙人的书。用黄爱东西老师的话来说就是最适合给好姑娘看的觉醒之书。它是现在这本书的源头，只有经历过千回百问之后，爱上的人生才是真正值得爱上的人生。爱就是不问值不值得，爱是不由分说。

推荐到此为止，各位慢用。

人生很短，三万多天，用一天去当怨妇我都觉得多余。

一定要快快乐乐的，与各位共勉。

图书在版编目（CIP）数据

不由分说爱上这世界 / 黄佟佟著 . -- 北京 : 北京联合出版公司，
2016.8

ISBN 978-7-5502-8357-2

Ⅰ . ①不… Ⅱ . ①黄… Ⅲ . ①散文集 - 中国 - 当代 Ⅳ . ① I267

中国版本图书馆 CIP 数据核字 (2016) 第 188479 号

不由分说爱上这世界

作　　者：黄佟佟

监　　制：杨　颖

图书策划：杨　帆

责任编辑：管　文　蒋芳仪

北京联合出版公司出版

（北京市西城区德外大街 83 号楼 9 层 100088）

北京鹏润伟业印刷有限公司　　新华书店经销

字数 192 千字　710mm×1000mm　1/16　16 印张

2016 年 9 月第 1 版　2016 年 9 月第 1 次印刷

ISBN 978-7-5502-8357-2

定价：39.80 元

未经许可，不得以任何方式复制或抄袭本书部分或全部内容

版权所有，侵权必究

本书若有质量问题，请与本公司图书销售中心联系调换。

电话：（010）64243832　82062656